任形　周曉陸　編釋

陳師曾印譜

阿敏署

中國書店

上册目録

前言

陳師曾，江西義寧（今江西省修水縣）人。名衡恪，字師曾，號朽者、朽道人、道子等。曾得安陽出土志石，故曰其室爲『安陽石室』。又得唐碑，亦取齋名曰『唐石簃』。因其繪畫崇尚石田沈周、石天沈顥、清湘石濤、髡殘石谿及石龐，故又取室號『五石堂』。此外還有槐堂、染倉室、在山亭、喆頌亭、鞠梅雙景盦等堂號。他是晚清維新運動的倡導者湖南巡撫陳寶箴之孫，清末進士著名詩人陳三立之子，著名歷史學家陳寅恪之兄，魯迅先生之同學，弘一大師之好友，齊白石之伯樂，是我國近現代杰出的國畫大師、美術教育家和詩人。一八七六年三月二日，陳師曾生於湖南省鳳凰縣。他自幼聰慧，六歲學畫，七歲習字，十歲能作擘窠書，人稱『神童』。一八九八年受其祖父和父親維新思想的影響，考入南京江南陸師學堂附設礦路學堂博物科，學習自然科學。一九〇二年由江南督練公署派遣，與魯迅等人爲伴，東渡日本留學，其間結識好友李叔同。一九〇九年畢業後返回祖國。次年，在江蘇南通師範學校任博物學教員，寓居通明道觀，拜吴昌碩爲師，向其學習書、畫、治印。一九一三年應張謇之邀至長沙，任湖南第一師範教員。同年秋，應教育部之聘赴北京，任北洋政府教育部編纂處編審員，從事圖書編纂工作。并受聘於國立北京高等師範學校任中國畫教師，兼任北京女子師範學校及高師博物教員。寓居槐堂，因以爲號。一九一八年，北京大學成立畫法研究會，應校長蔡元培之約，受聘爲北京大學畫法研究會中國畫導師，同年四月被北平國立美術專門學校聘爲中國畫教授。一九二三年九月十二日病逝于江蘇省南京市，年僅四十七周歲。

自清代以來，隨着文物出土數量和品類的增加，使近代文人治印受到了前所未有的影響。在印宗秦漢之外，還更爲廣泛地把除摹印文字以外的，附著在其他文物上面的漢字藝術遺存，作爲追摹的對象。文人治印開始師法鍾鼎金文、瓦當磚銘、封泥、碑碣等文物。師文物之法似乎一時成爲印人之覺悟。而我們這部印譜的作家陳師曾正是一位師文物的集大成者。姚茫父論其印云：『師曾印學導源於吴缶翁，泛濫於漢銅，旁求於鼎彝，縱横於磚瓦匋文，蓋近代印人之最博者。』（見《染倉室印存·序》）。後人將其平時論印之説：審字、定體、布局、印制、刻法、周秦印鉨、漢印、泥封、碑碣、金文、陶文、磚瓦文、鄧派、後浙派、前徽派等十餘則，凡四千餘字録輯爲《槐堂摹印淺説》。

時下比較容易見到的陳師曾印譜有如下幾種：

一、《染倉室印存》，一九二四年版，爲湘潭周大烈所集。一帙八册，每册五十頁，每頁一印，附有邊款。前有周大烈題耑及姚茫父序文。是譜制作精良，刊印效果較佳。

二、《染倉室印存》，一九三六年版，爲襄社以王瀣舊藏陳氏鈐本影印而成。一帙四册，每頁一印，間附邊款。收一百零三品，前有王瀣所題『槐堂爪痕』，及胡光煒所題『染倉室印存』，頁背有『民國二十五年襄社借王伯沆先生藏本影印』字樣。書末另有王瀣跋文一則。

三、《槐堂摹印淺説》，一九三六年版，師曾弟子王道遠録其師生前論印之説十餘則，并加以按語。封面爲齊白石題『槐堂摹印淺説』，前有嚴一萍、王道

遠等人序文，後有白石、啞公、王瀣等人跋文。并王瀣『槐堂爪痕』小篆題書，及典型印例二十八品，其中大部附有邊款，具有很高的學術價値。

四、《陳師曾印譜》，一九八八年一月由榮寶齋出版。收三百七十九品，前有熊伯齊所作序言。

五、《近現代篆刻名家精品·陳師曾印集》，收二百一十八品，賈德江編，一九九八年五月由北京工藝美術出版社出版。

此次重新録輯陳師曾的印作，特意將其師文物的印作以及一些具有證明作用的重要邊款一并收入。如：仿金文的『亡邊花盦』、『鼎父』、『老復丁』；仿周鉨的『壽鉨石工』、『安陽石室』；仿古泉範字的『日利千萬』；仿磚文的『恭賀新年』；仿封泥的『意到』、『泰鄉』；仿漢鏡文字的『得所欲』；仿漢官印的『按曲三郎』；仿平實漢印的『路孝植印』；仿方整漢印的『別奉膚公』；仿寓方於圓之漢印的『籐瓦精舍』，仿錯落出奇之漢鑿印的『楊昭儁之章』等。師曾治印，遠師古物，近法趙（之謙）吴（昌碩）。他曾在爲楊千里所作的《題繭廬摹印圖》詩中云：『下窺兩漢上周秦，不向西泠苦問津；趙整吴奇參活法，瓣香分爇亦艱辛。』這正是對自己印藝生涯的真實寫照。他向吴昌碩印風學習的『三十偁冉』、『辟支堂』、『師子獨行』、『女羅亭』，意在悲庵缶廬之間的『周大烈所臧金石刻辭』等印作都有力的證明了這一點。此外，黄牧甫早年曾爲師曾之父三立（散原）先生刻印數枚，其刀法對陳師曾有較深影響。故此新輯亦將『不諱不伐』、『喬曾劬印』、『無娛爲歡』、『安居長年』等印作録入。

陳師曾是一位全才的藝術大師，詩、書、畫、印作品俱佳，其作品中濃厚的書卷氣爲世人所公認。於畫方面，陳師曾被認爲『在時間上是上承吴昌碩，下接齊白石，却比二人似乎要高一等，因爲是有書卷氣』（見周作人《魯迅的故家》）。於印方面亦是如此，他在繼承趙之謙、吴昌碩、黄牧甫等前輩印學成就的基礎上，以其特有的文人風骨和非凡的創作靈感，逐步形成了自己蒼勁秀逸、古拙渾厚和氣宇雄壯的高古印風，在近代印壇上又一次點亮了誘人的藝術之火。

齊白石詩句『君無我不進，我無君則退』一語道出陳師曾、齊白石相互影響之深。一九一七年，在琉璃廠南紙店賣畫鬻印的齊白石，得到當時北京畫壇領袖陳師曾的賞識。陳師曾的循迹造訪，使兩人成爲莫逆之交。在陳師曾的幫助下齊白石衰年變法，成爲一代大師。二人相互影響，作品風格也大有相似之處，以至如今在收集二人印譜時，還出現了將個別印作混收的現象。此次新輯也將這類風格的印作收入，如『王大章』、『三硯齋』、『春意闌珊』、『善者苦也』等。此類印作來源於民間收藏的原拓本，其中一些作品爲首次面世。

陳師曾去世時年僅四十七周歲，印章作品總數既不會多於像吴昌碩、齊白石這樣的長壽印人，更不會多於職業印人。職業印人鬻印爲生，難免有較重的商業習氣，不乏大量公式老套之作。因此，陳師曾那充滿濃鬱書卷氣的印作則越發顯得珍貴。

任彤 二〇〇五年歲末

壺中天

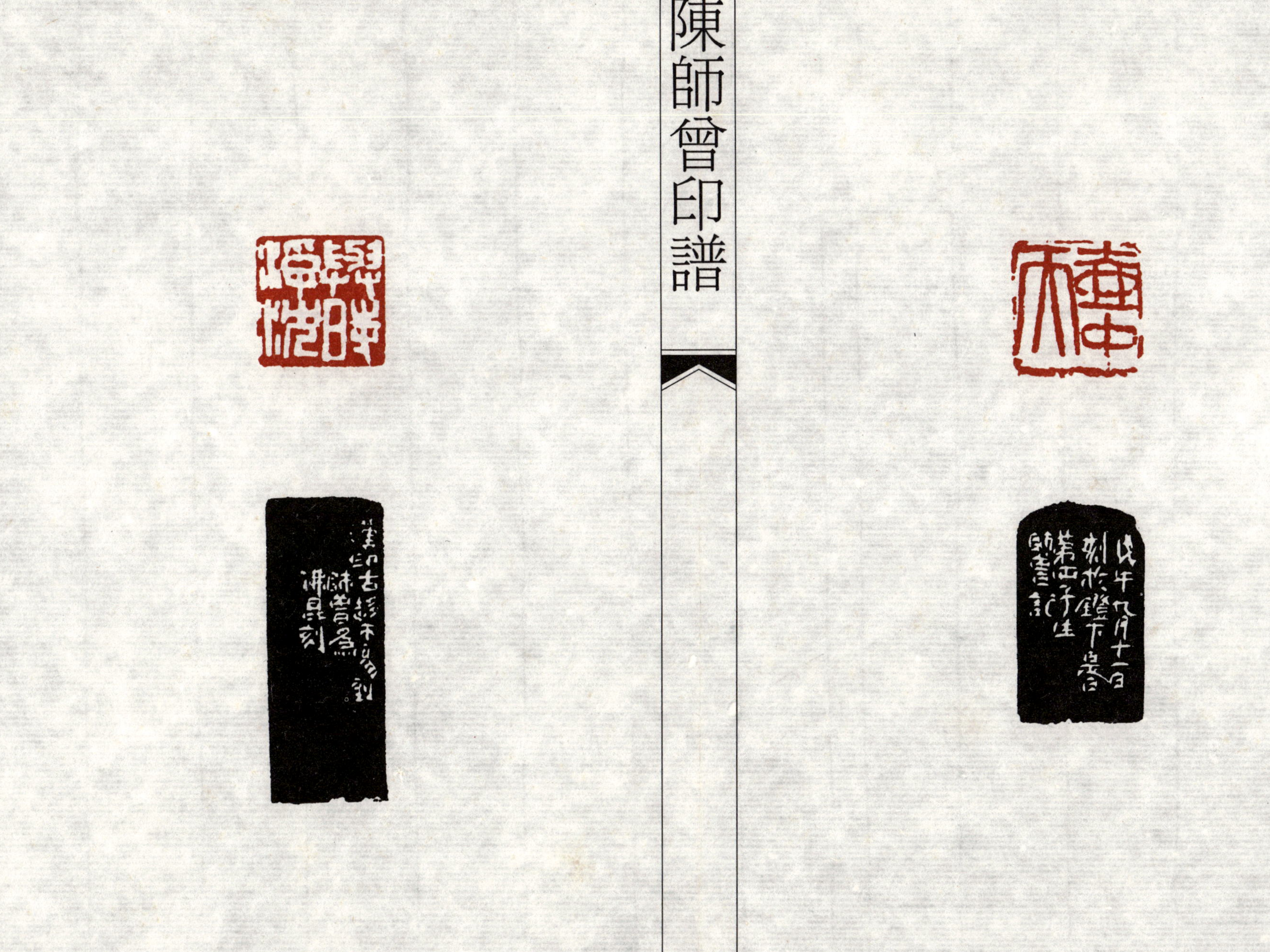

與時浮沈

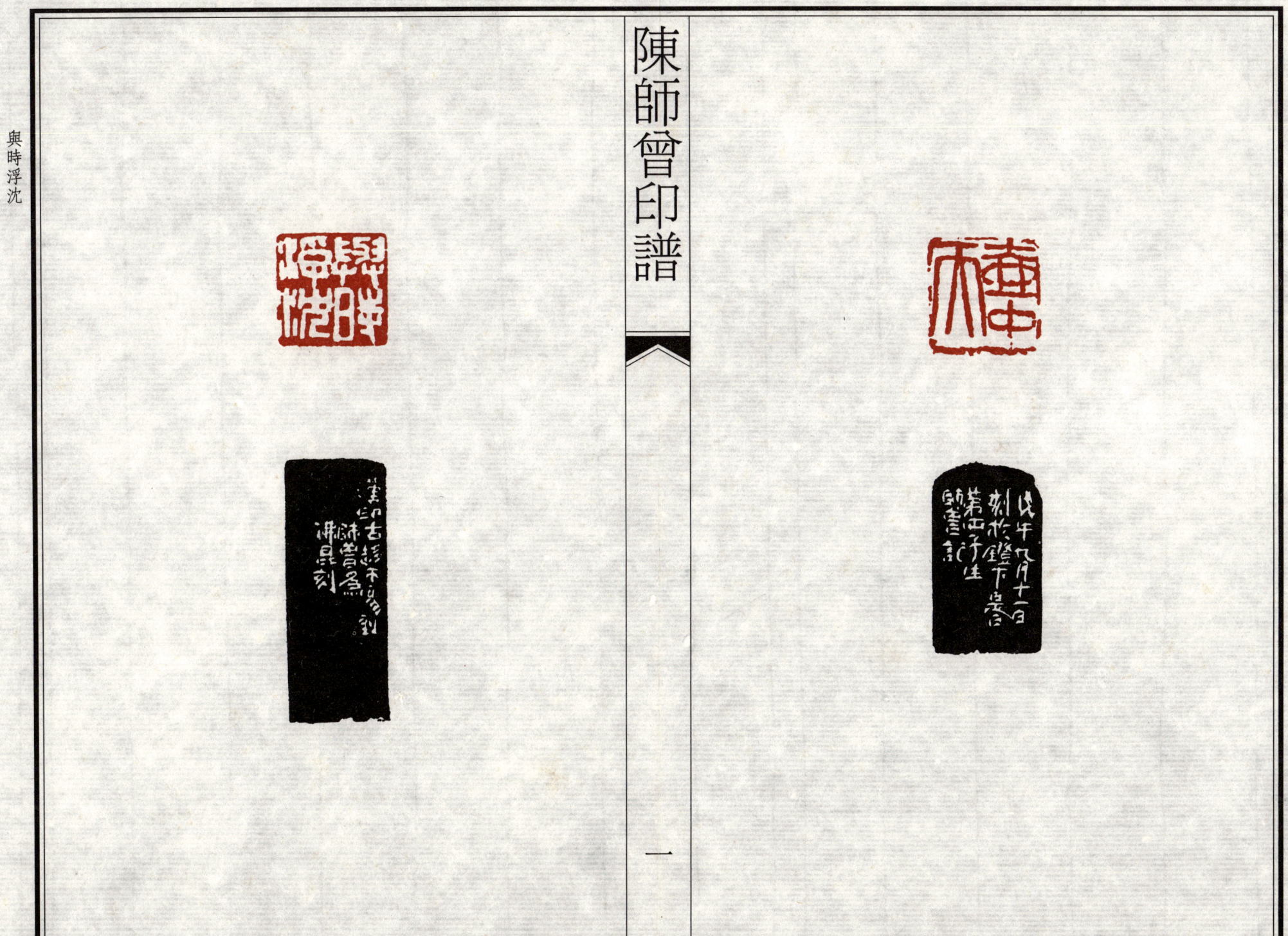

祖曾氏譜
一

静與花親 其根厚者其葉茂

戲墨 惡成不及改

陳師曾印譜

小逸　游戲

遺耳目

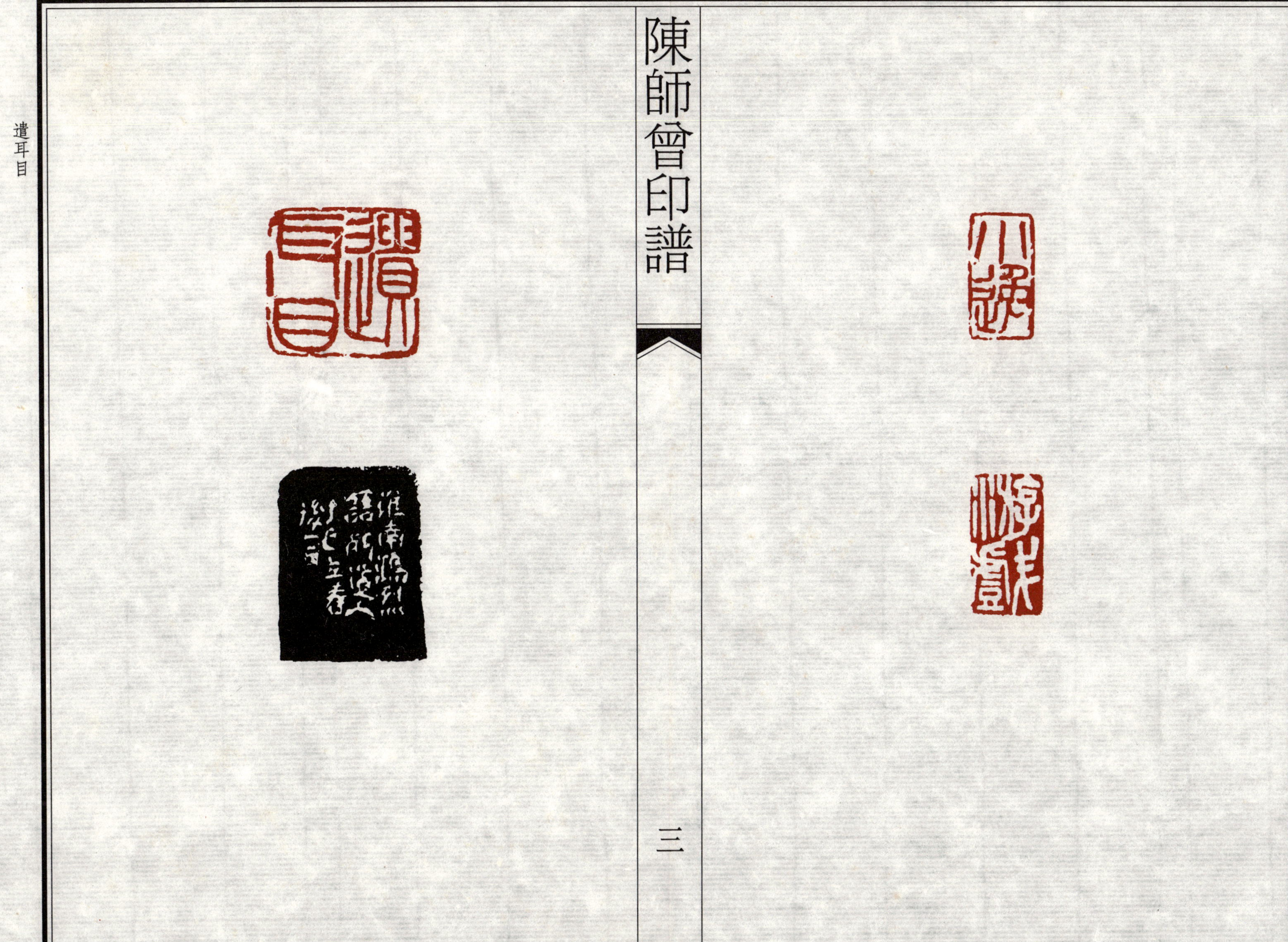

意到 真率

吹塤

自然

生意

美而不芳

淮南子語
男子樹蘭美而不芳
師曾刻

陳師曾印譜
六

下里茶飯

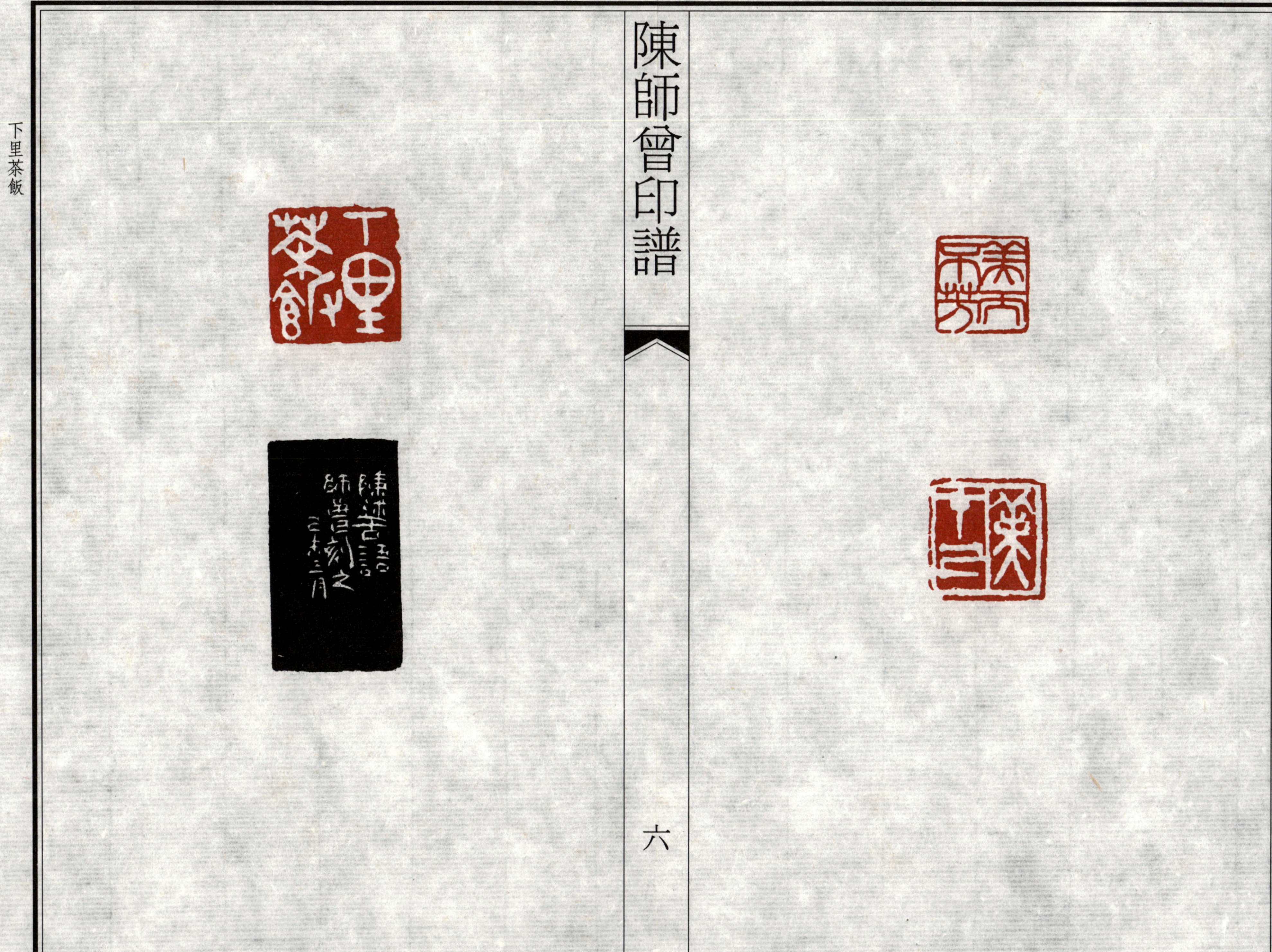

美而不芳　美在己

放下便是　勇猛精進

眾竗（妙）之門　芝蘭之室

不譁不伐

㠯徵笑羽

勉强行道

安居長年　日利千萬

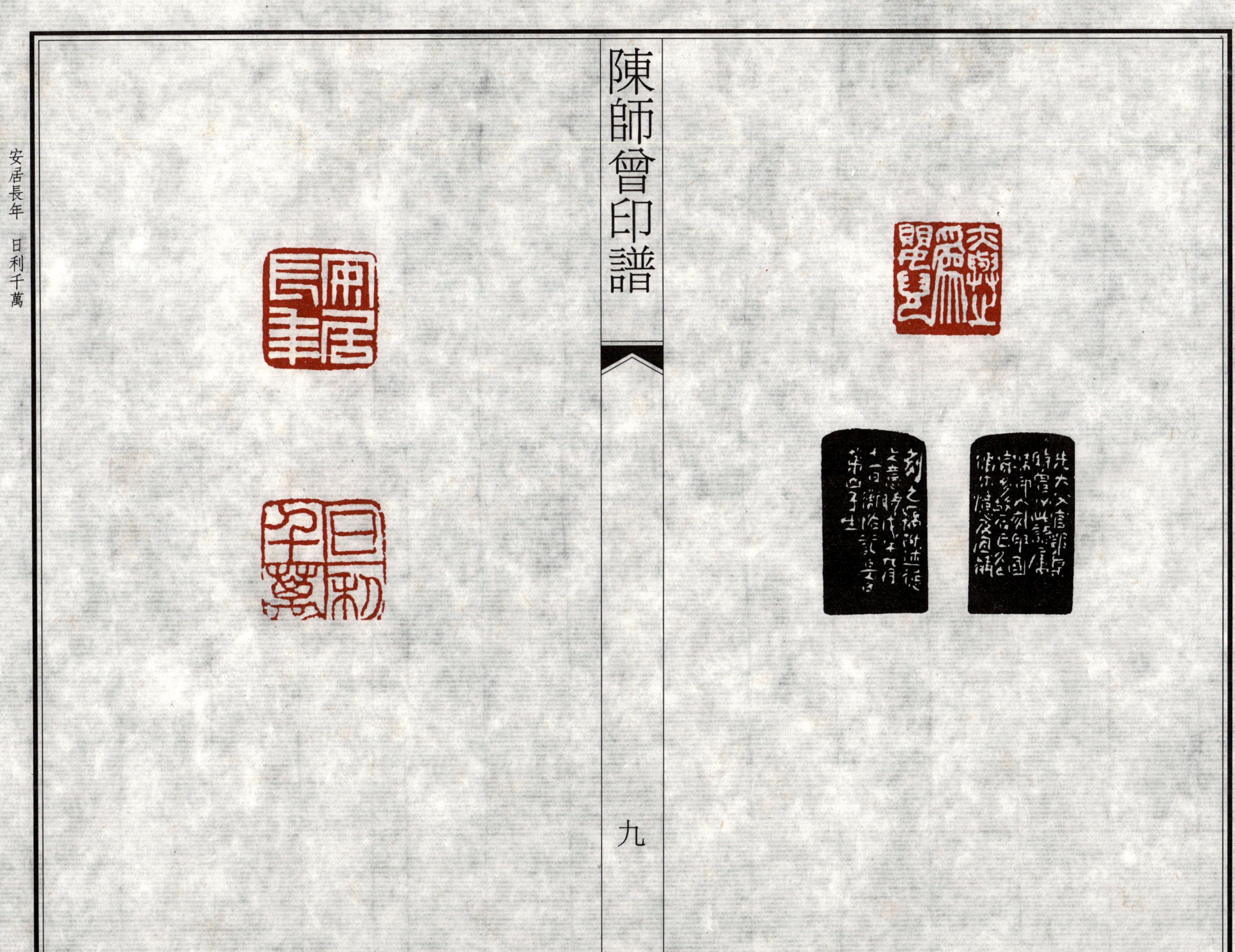

陳師曾印譜

九

亦與之爲嬰兒

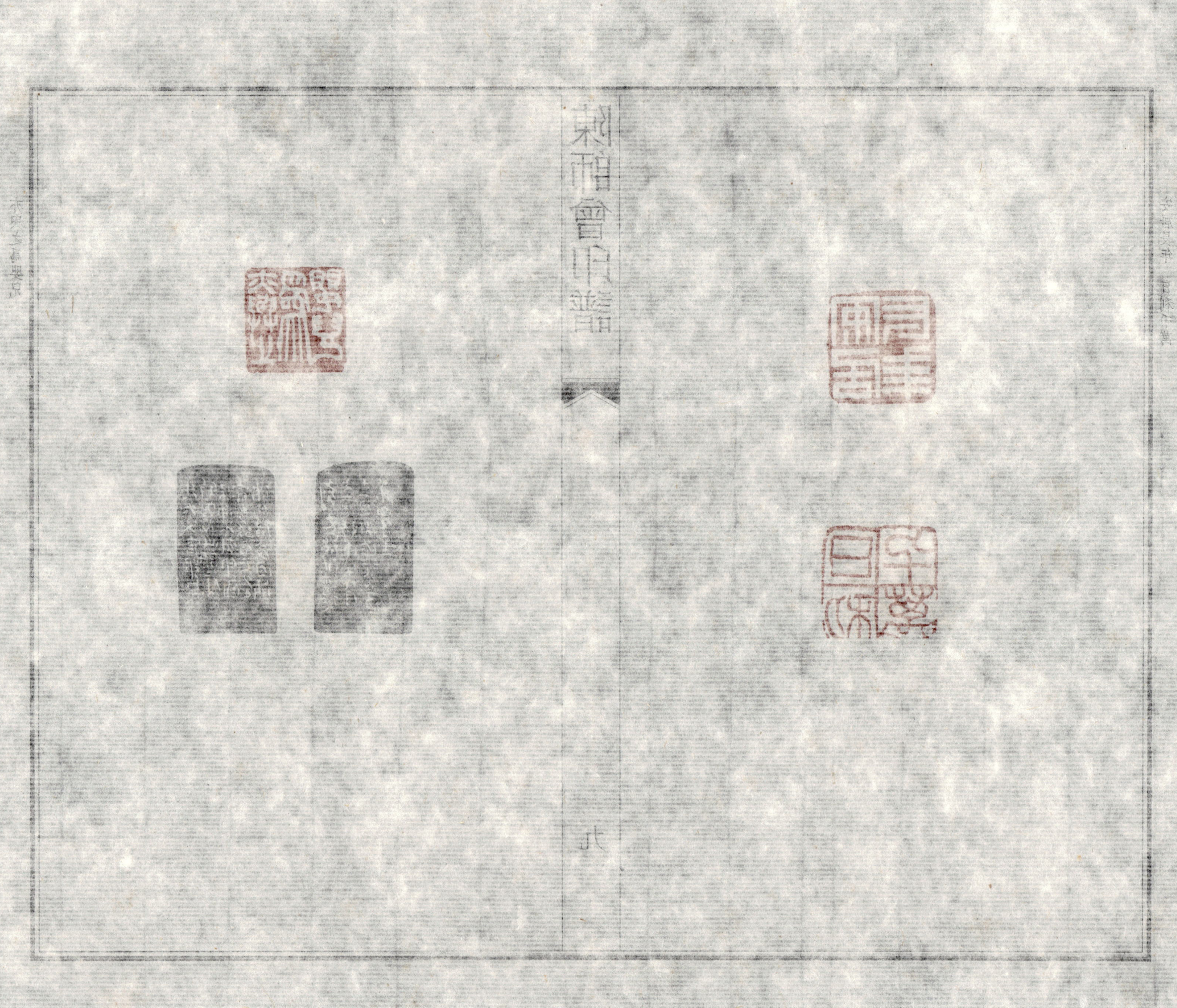

解衣盤博

半通之銅

別存古意

語盡還成開口笑

南山散釋

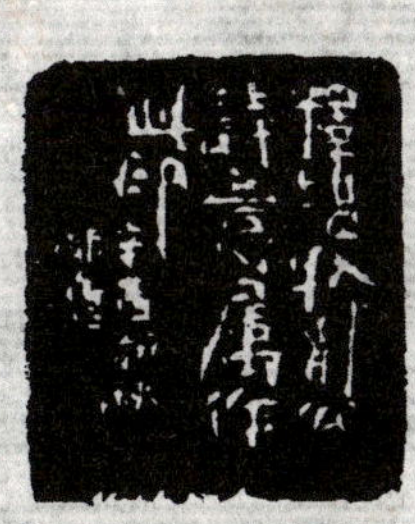

陳師曾印譜
一

一日之跡（迹） 一日之跡（迹）

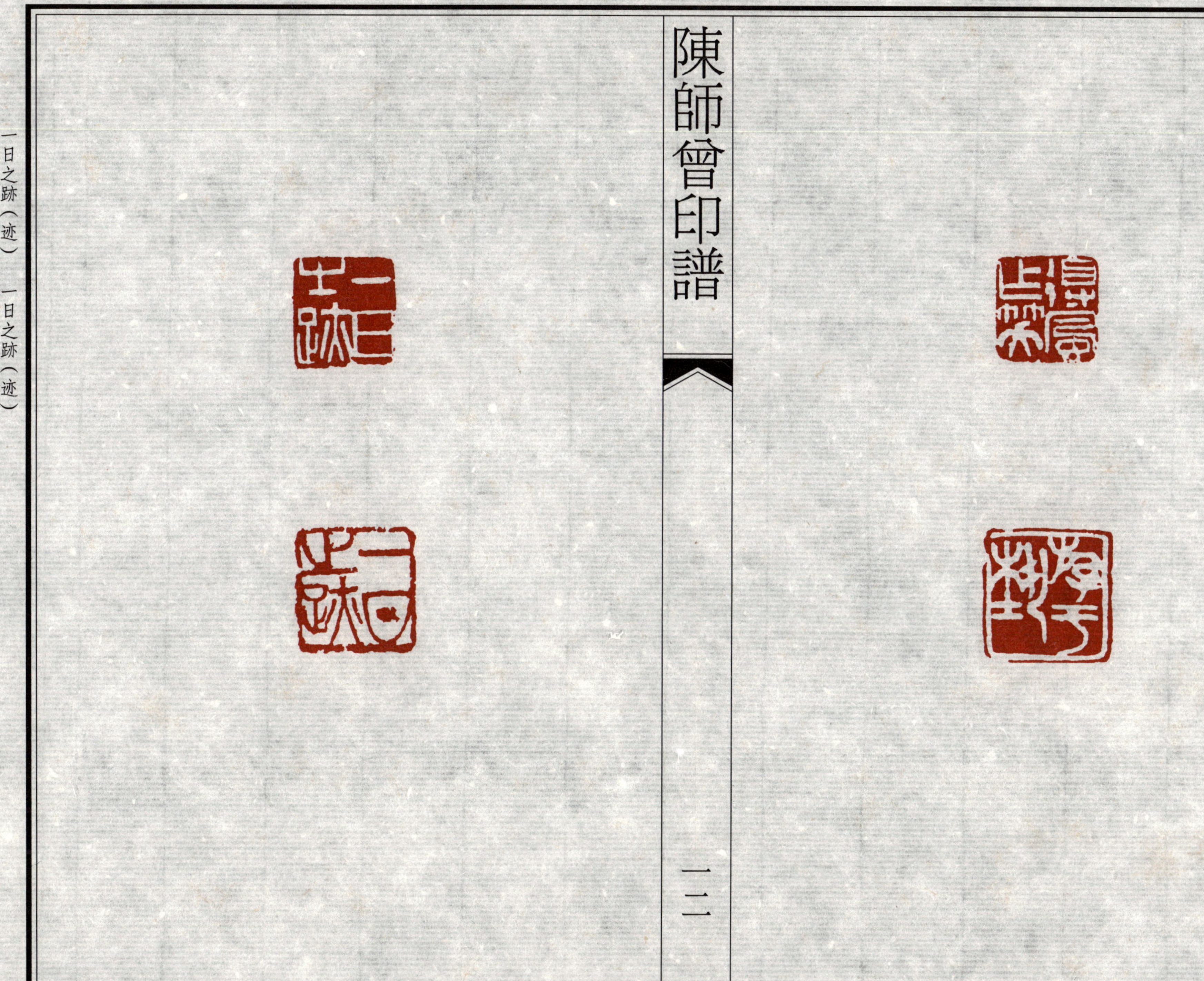

得風乍笑 遊于藝

東甌會印譜

郭風惠 刻

僕本恨人　畫又次之

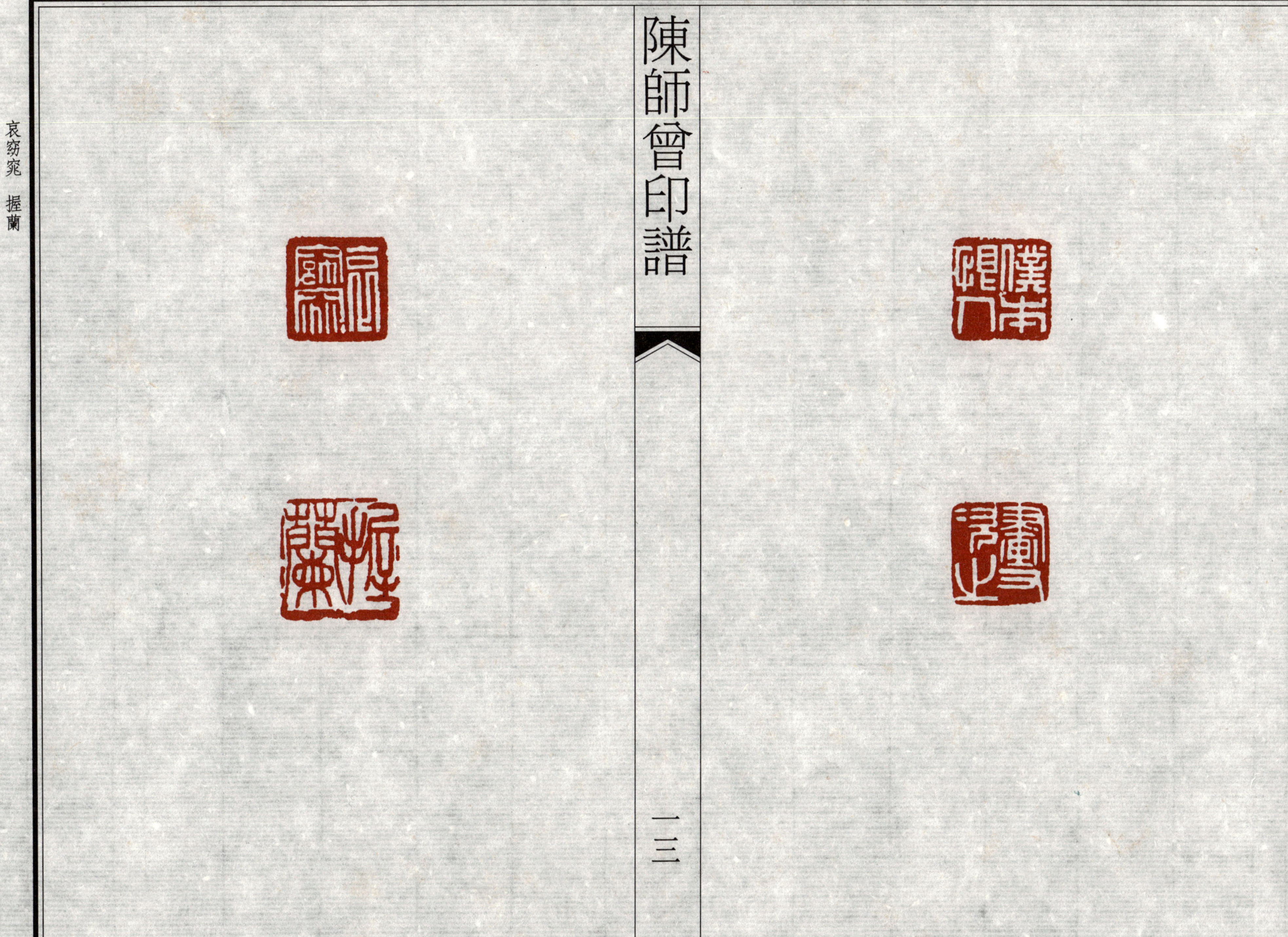

哀窈窕　握蘭

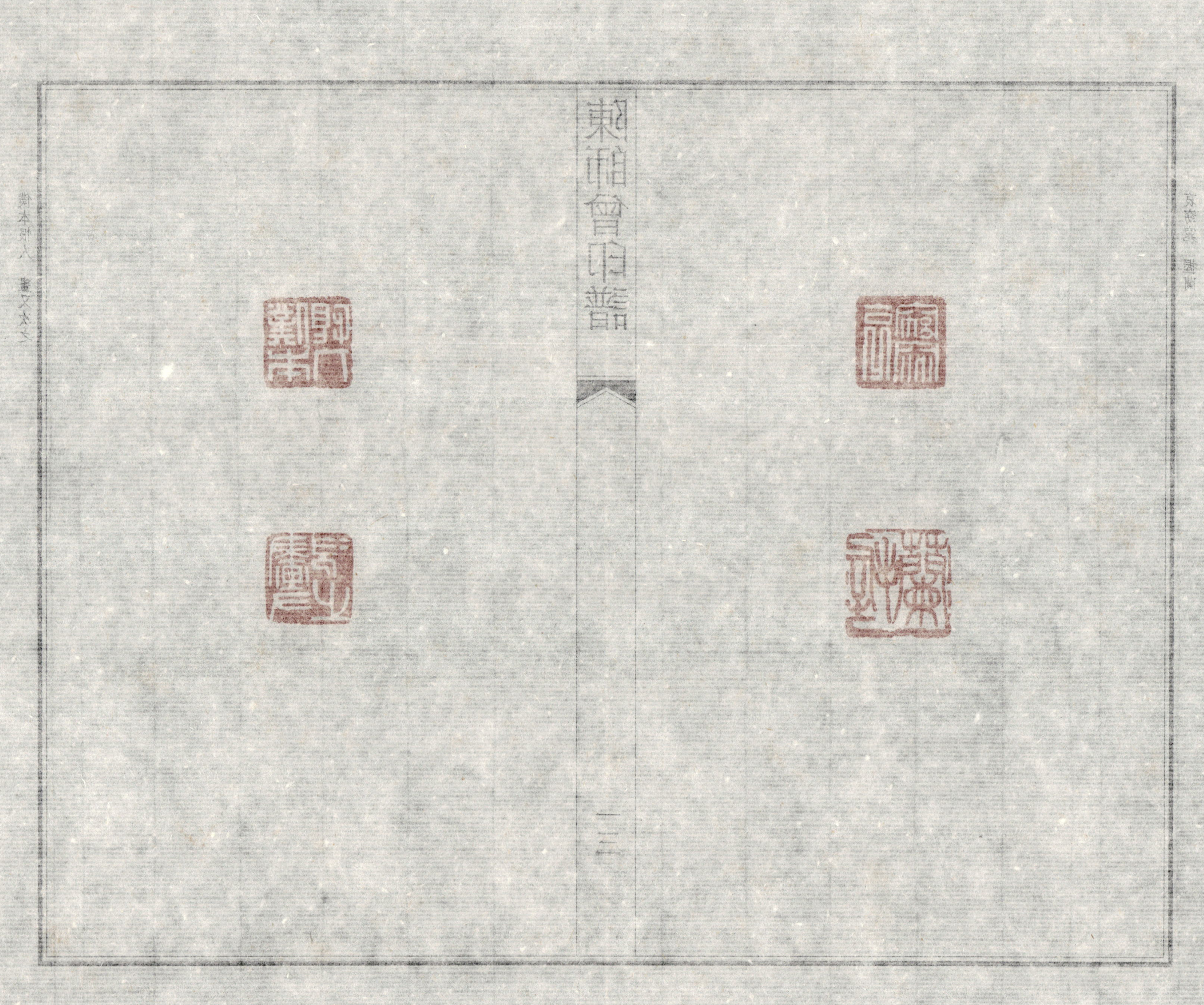

孤憤　大安立號

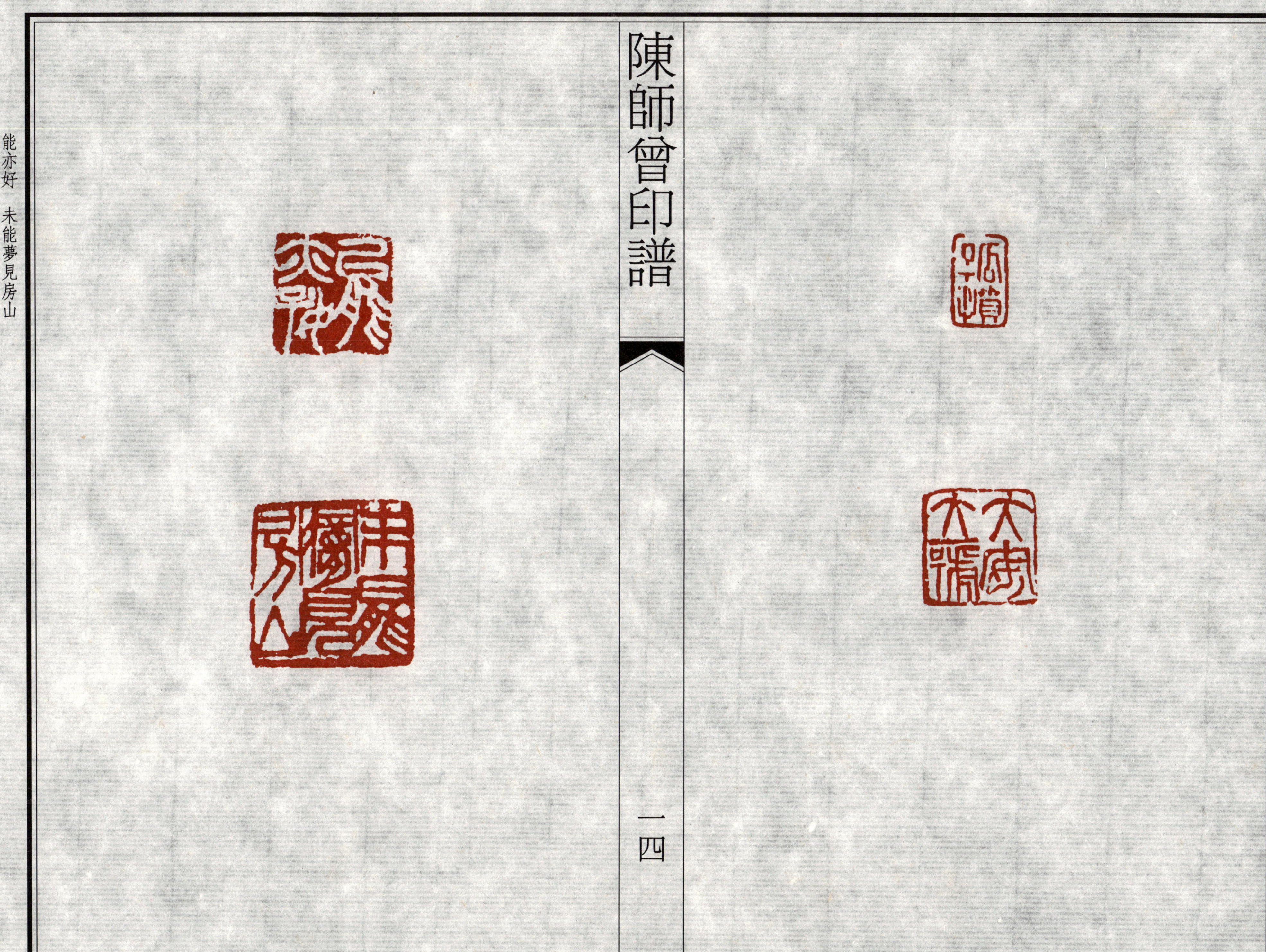

能亦好　未能夢見房山

務喜　忍俊

用拙　一味禪

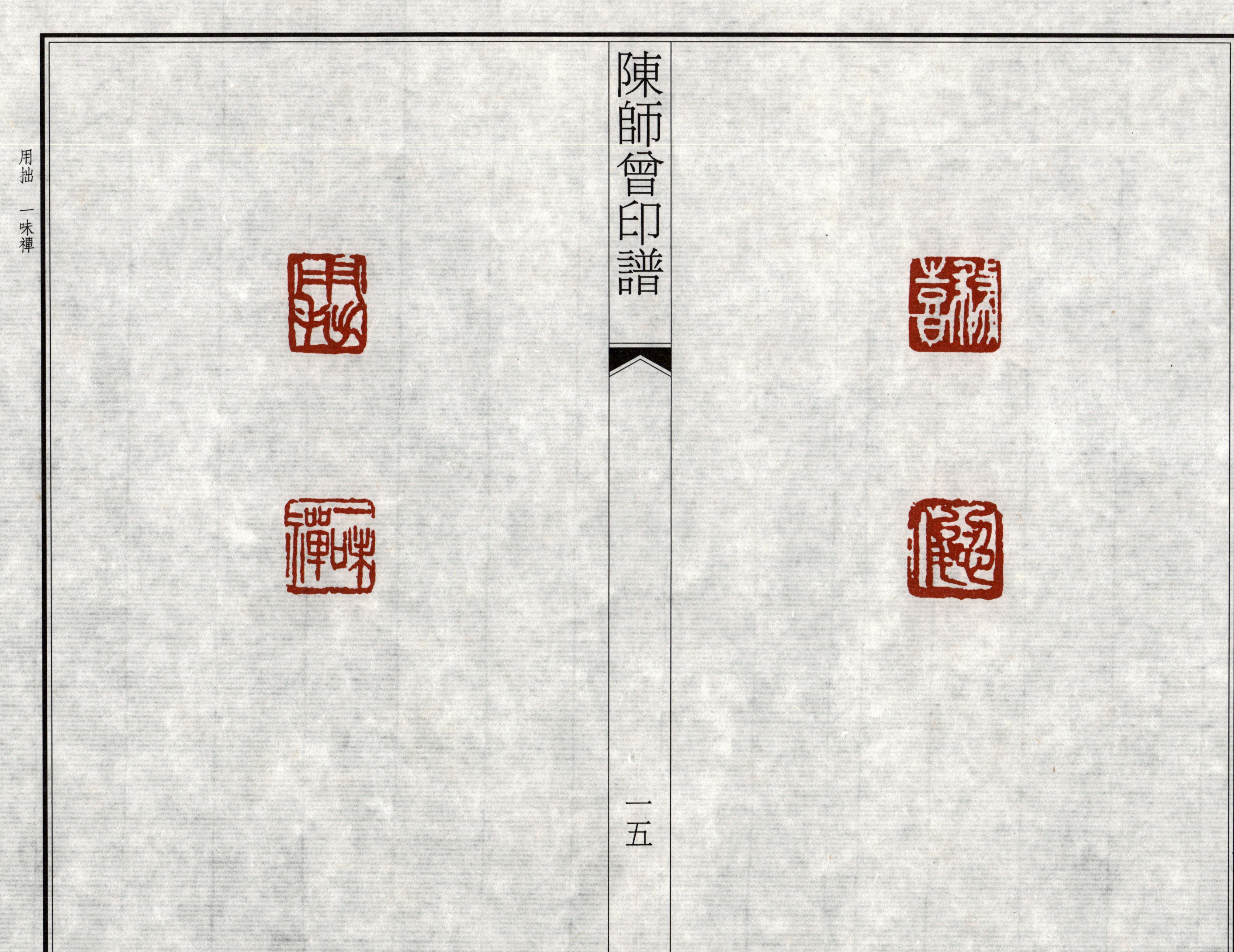

思滅苦本　道在瓦礫

秋艸（草）　笙漁

恭賀新年　明道若昧

俸錢易得　无（無）所得

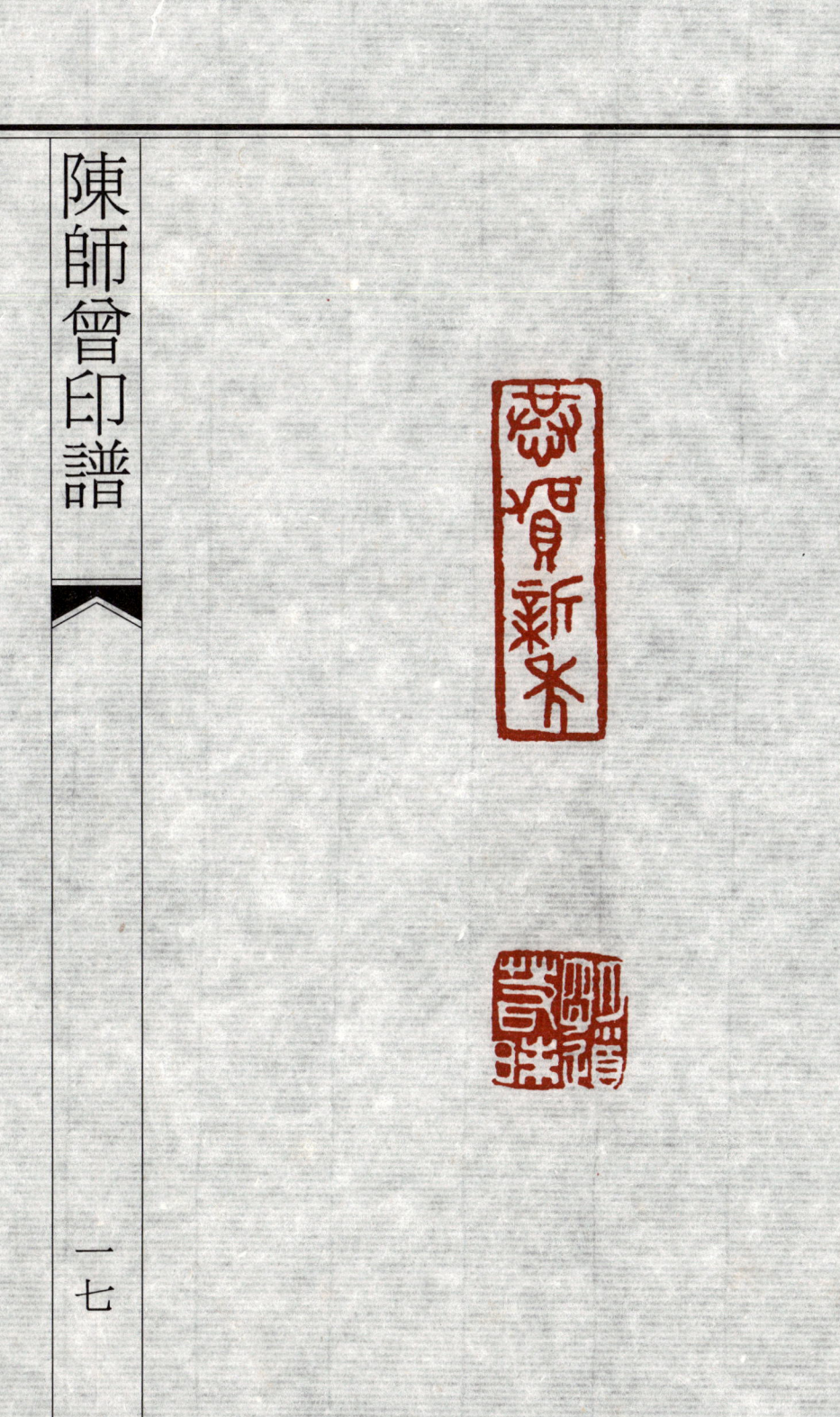

程邃印　天（穆）倩

來鴻樓主　歐陽若木

溯畫源　花開見佛

壹心慎事　順中

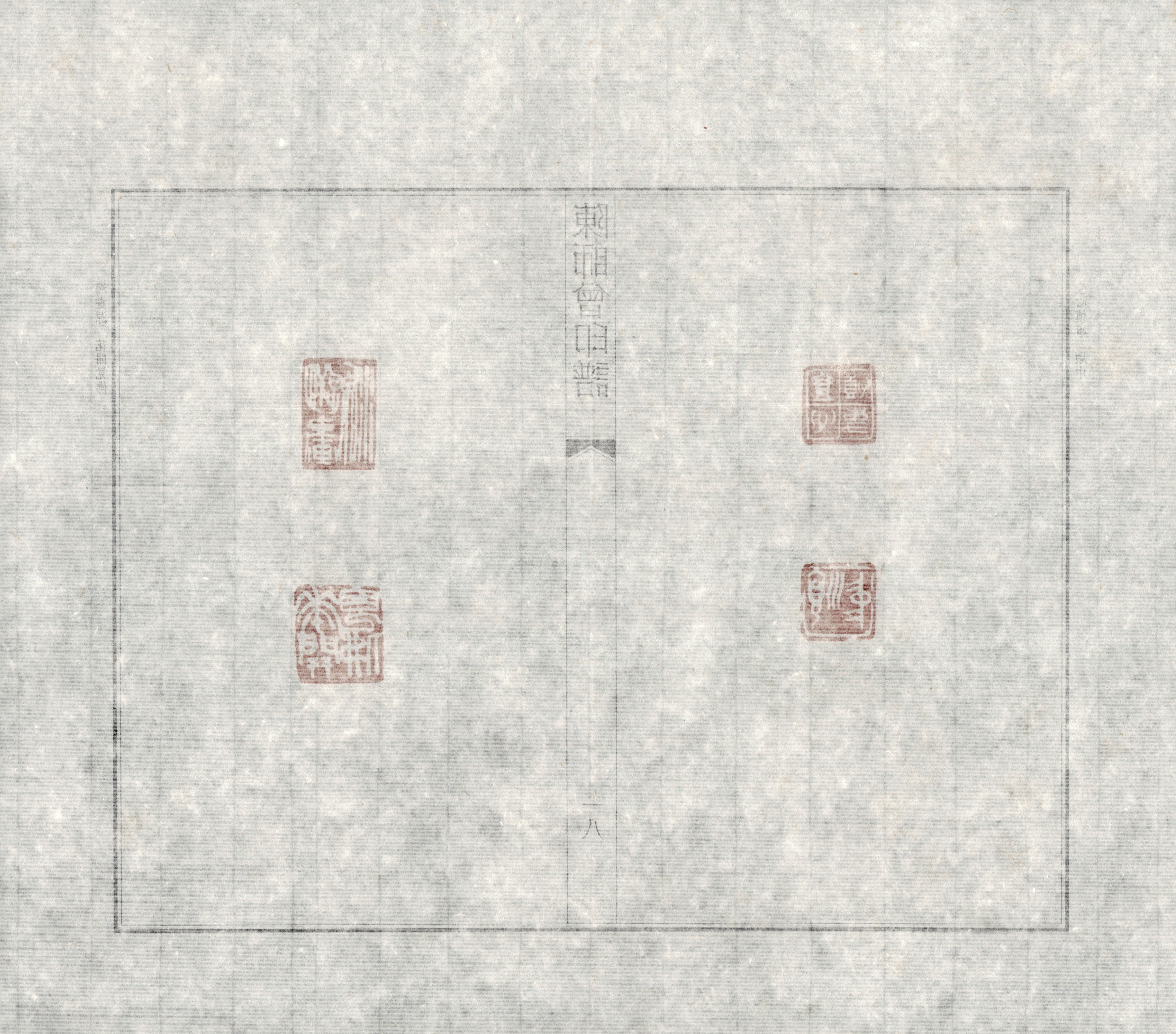

一生負气（氣） 沈唫（吟）至今

敝帚 狂奴故態

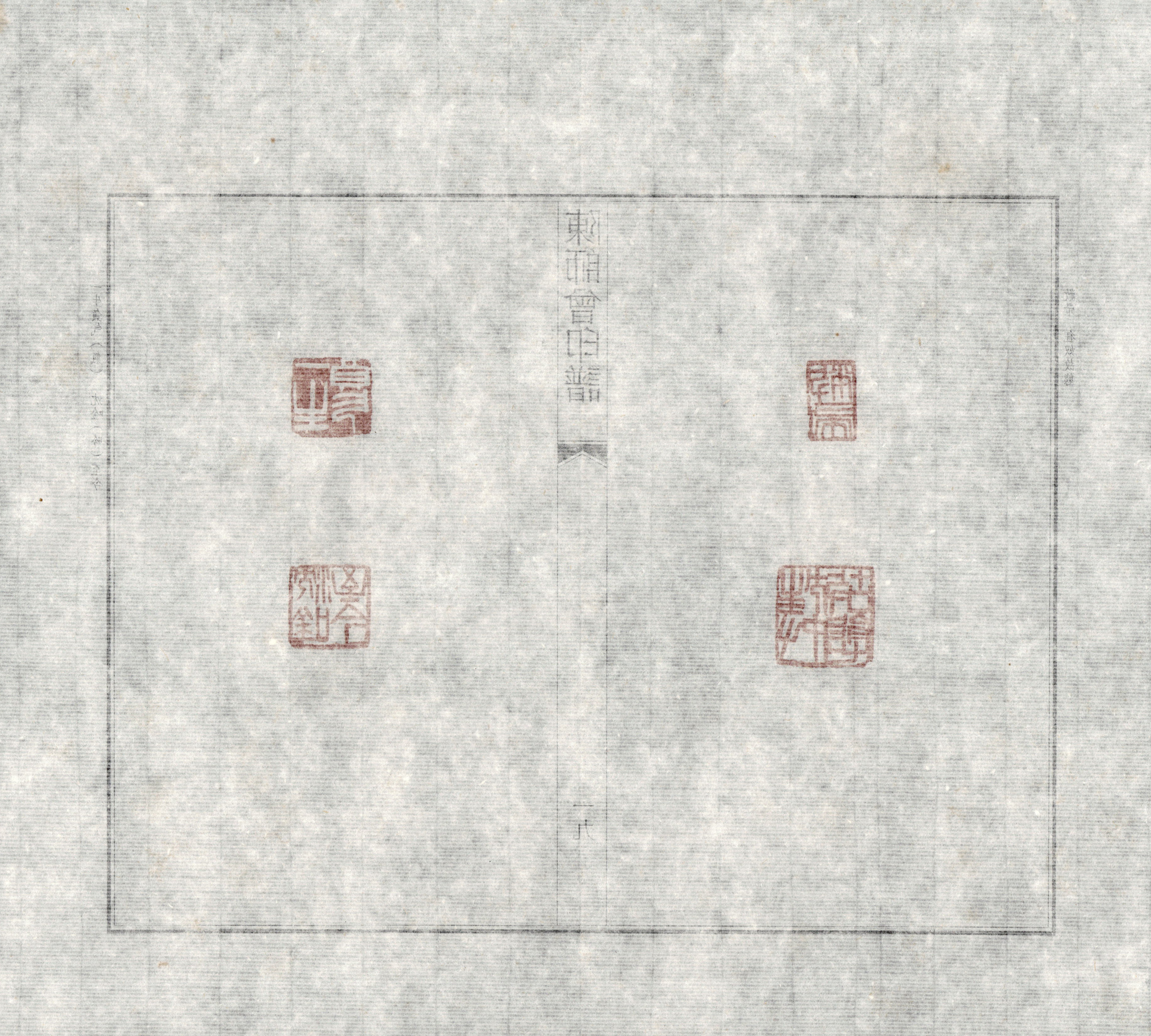

玄之又玄

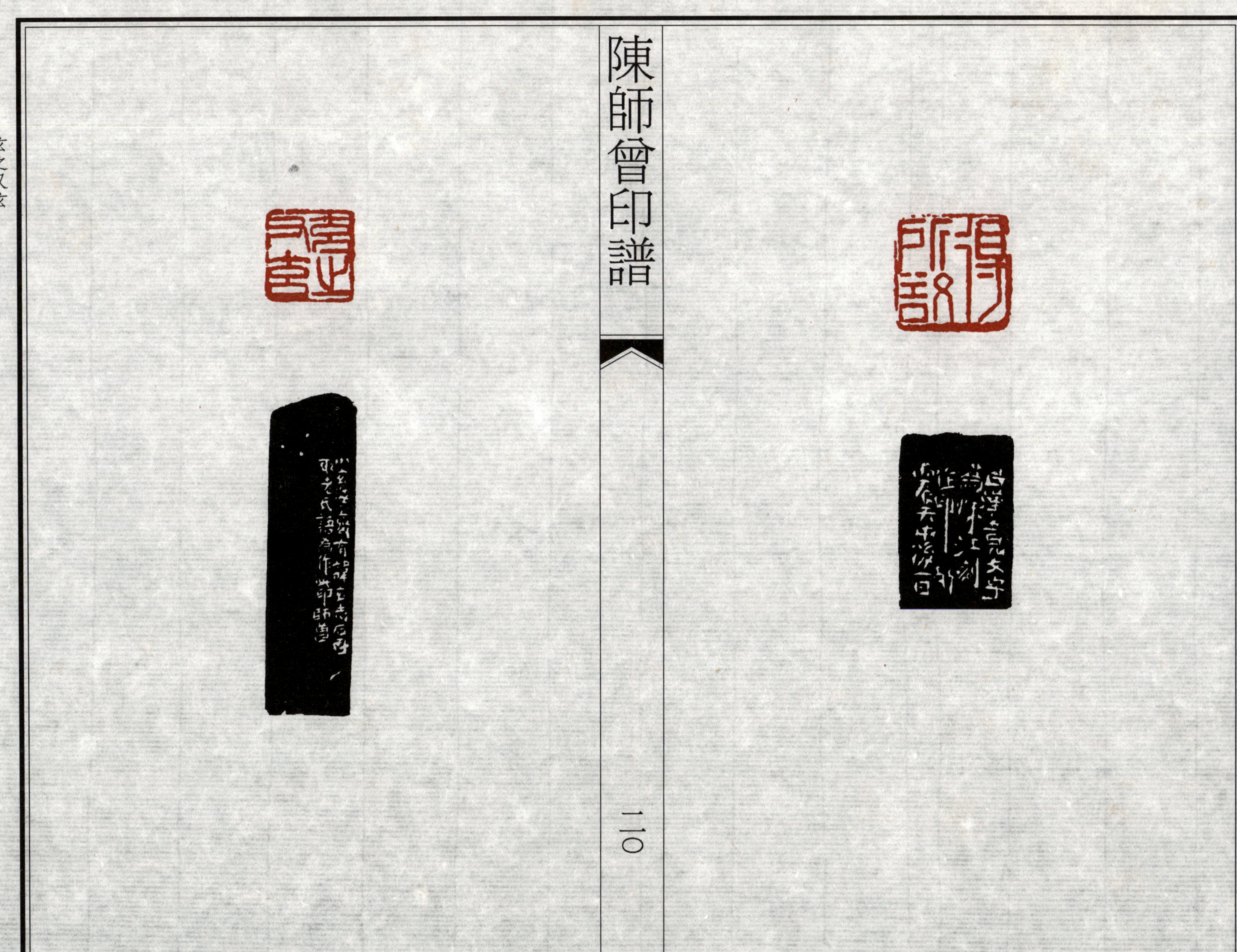

陳師曾印譜

二〇

得所欲

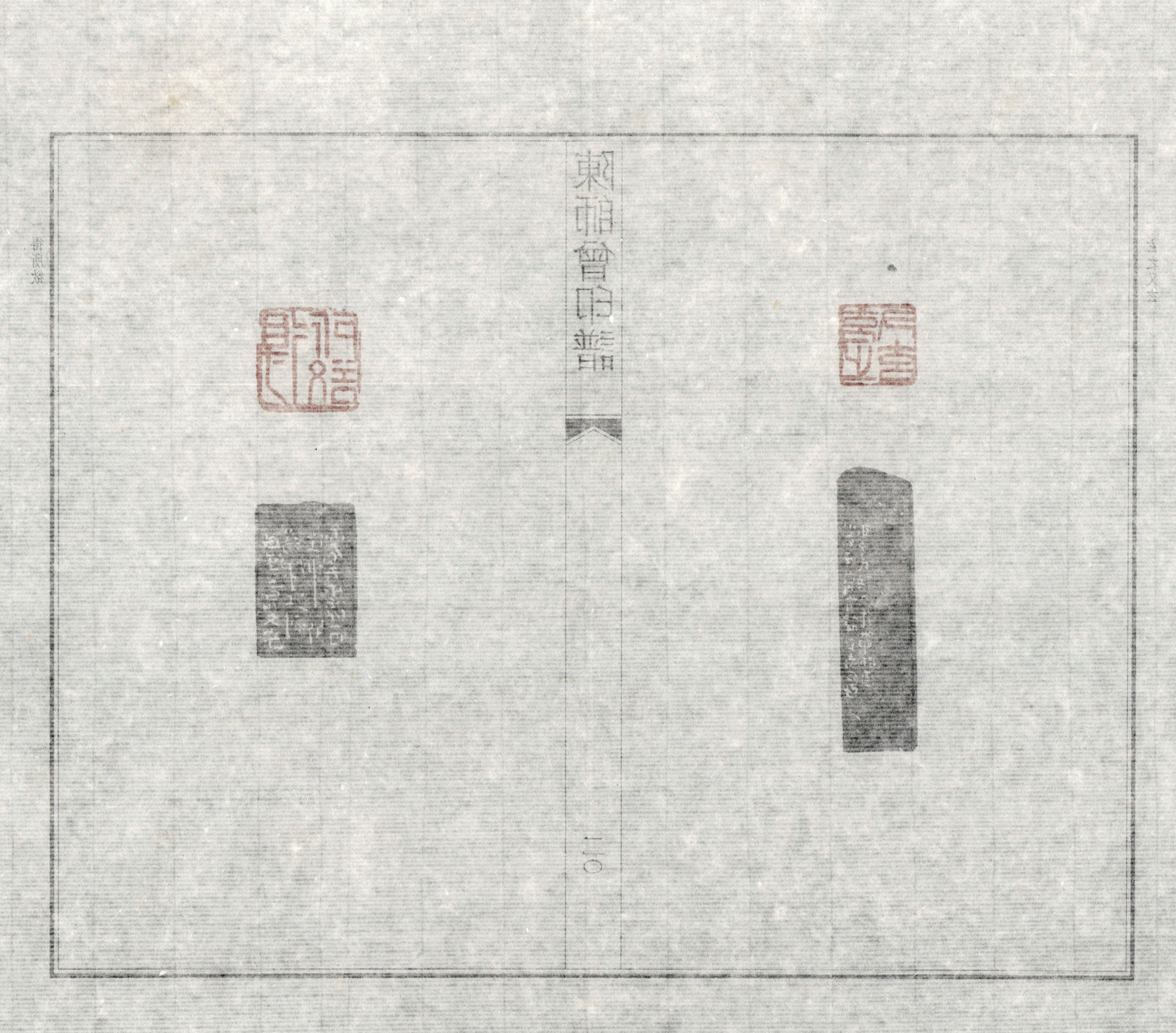

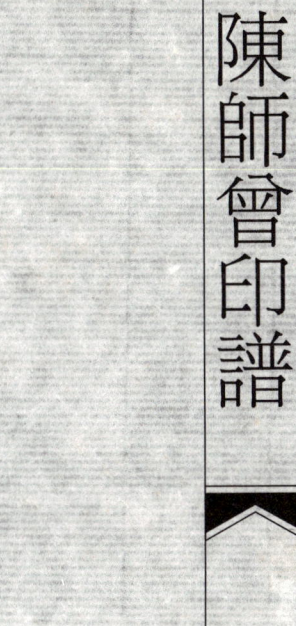

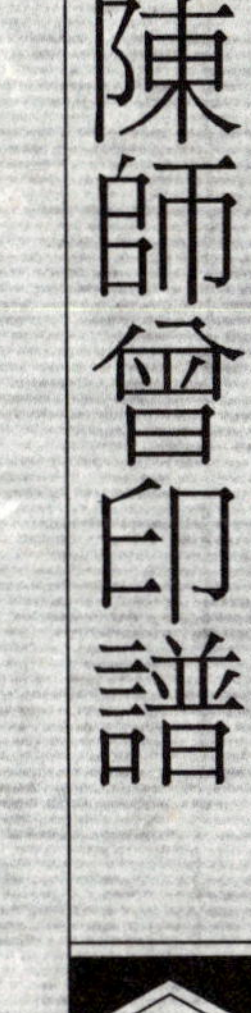

染而不色

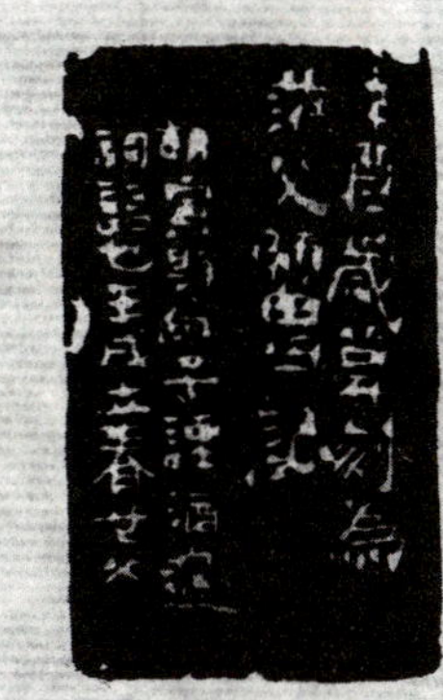

生于澧蘭沅芷之鄉　辛酉

東湖會印譜

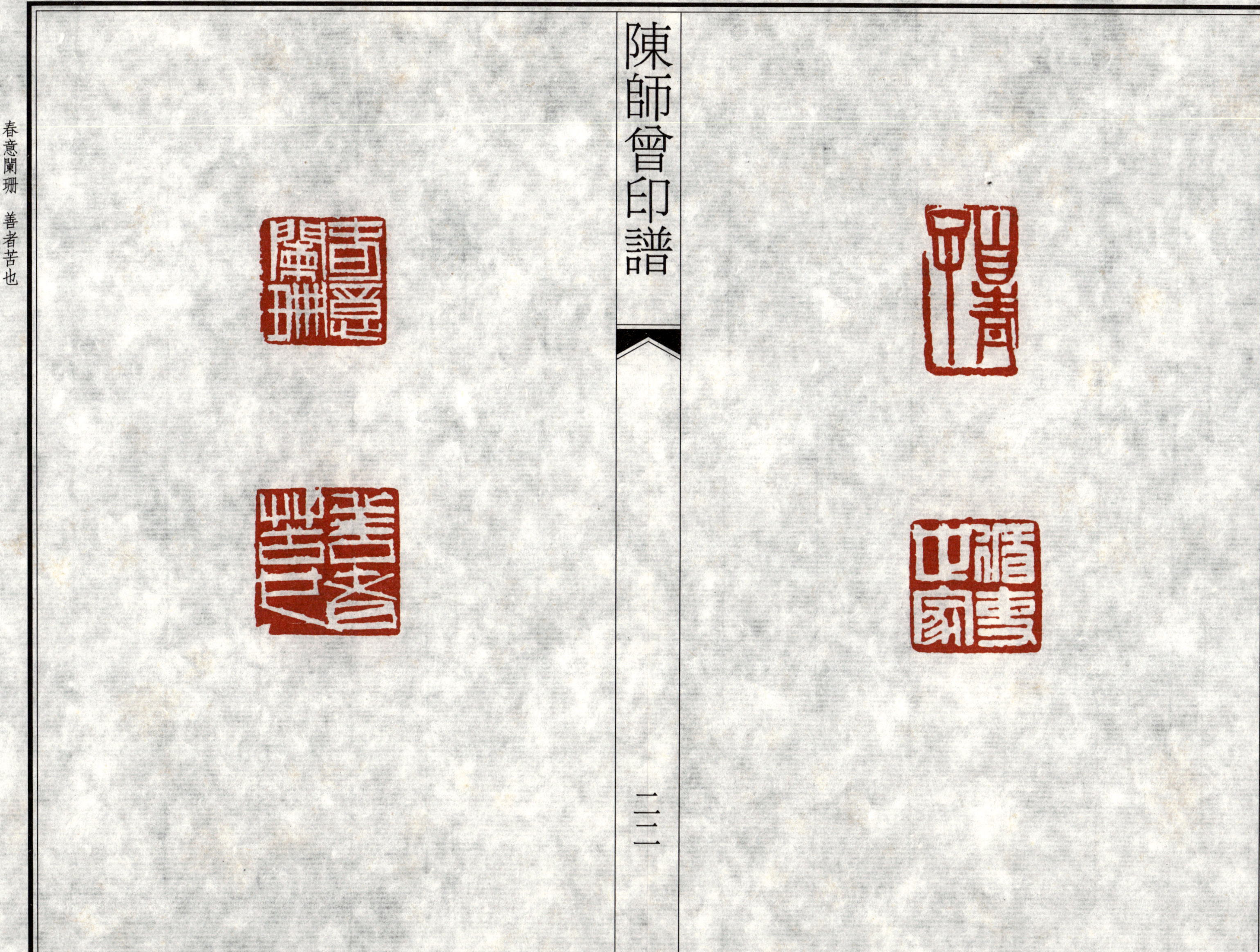

自青子　循吏世家

春意闌珊　善者苦也

今之隱几（居）者　守駿莫若跋

縈紅　毛猷

畫吾自畫

暫得于己怏然自足　未能免俗聊復爾耳

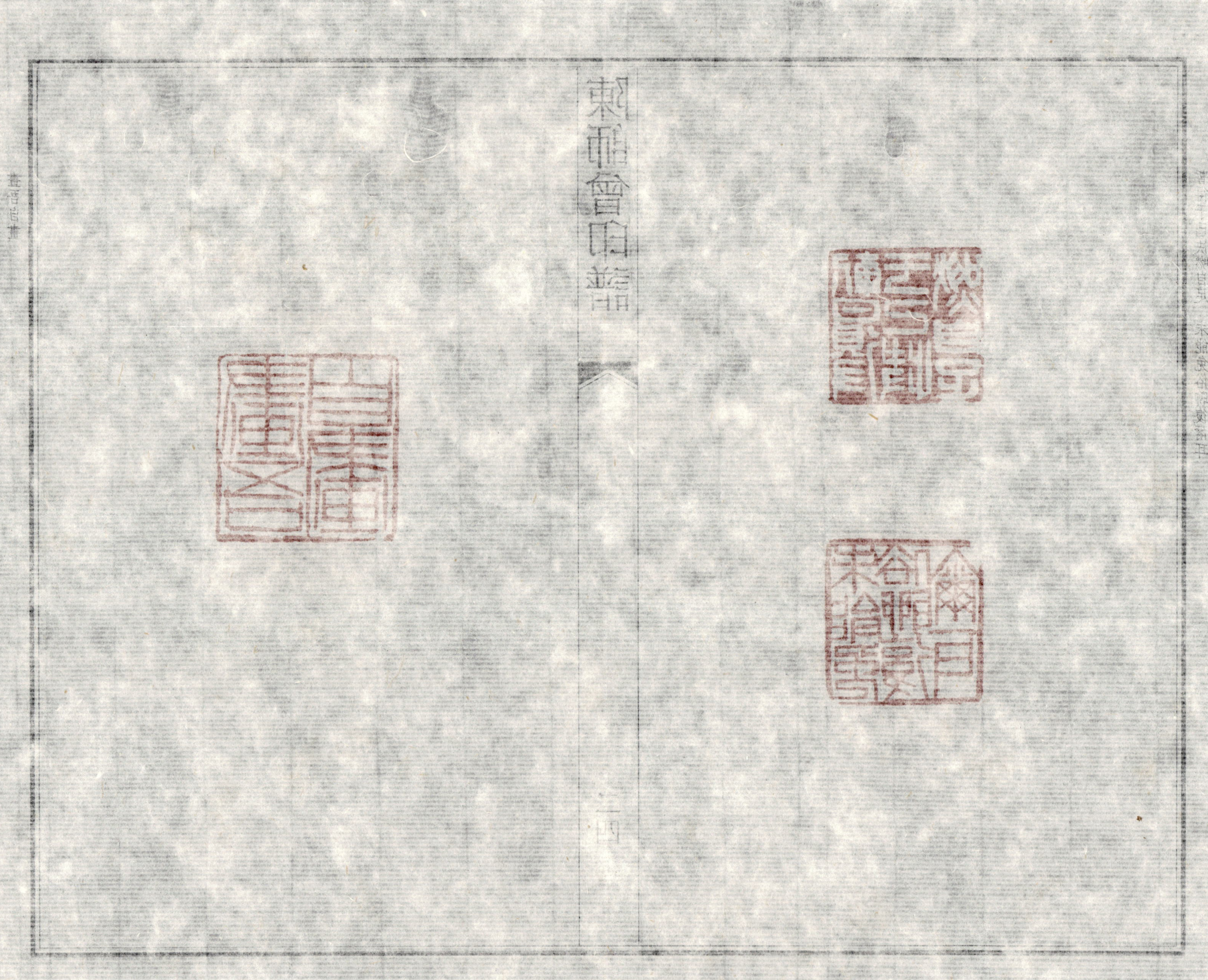

用之不勤　寧支離毋安排

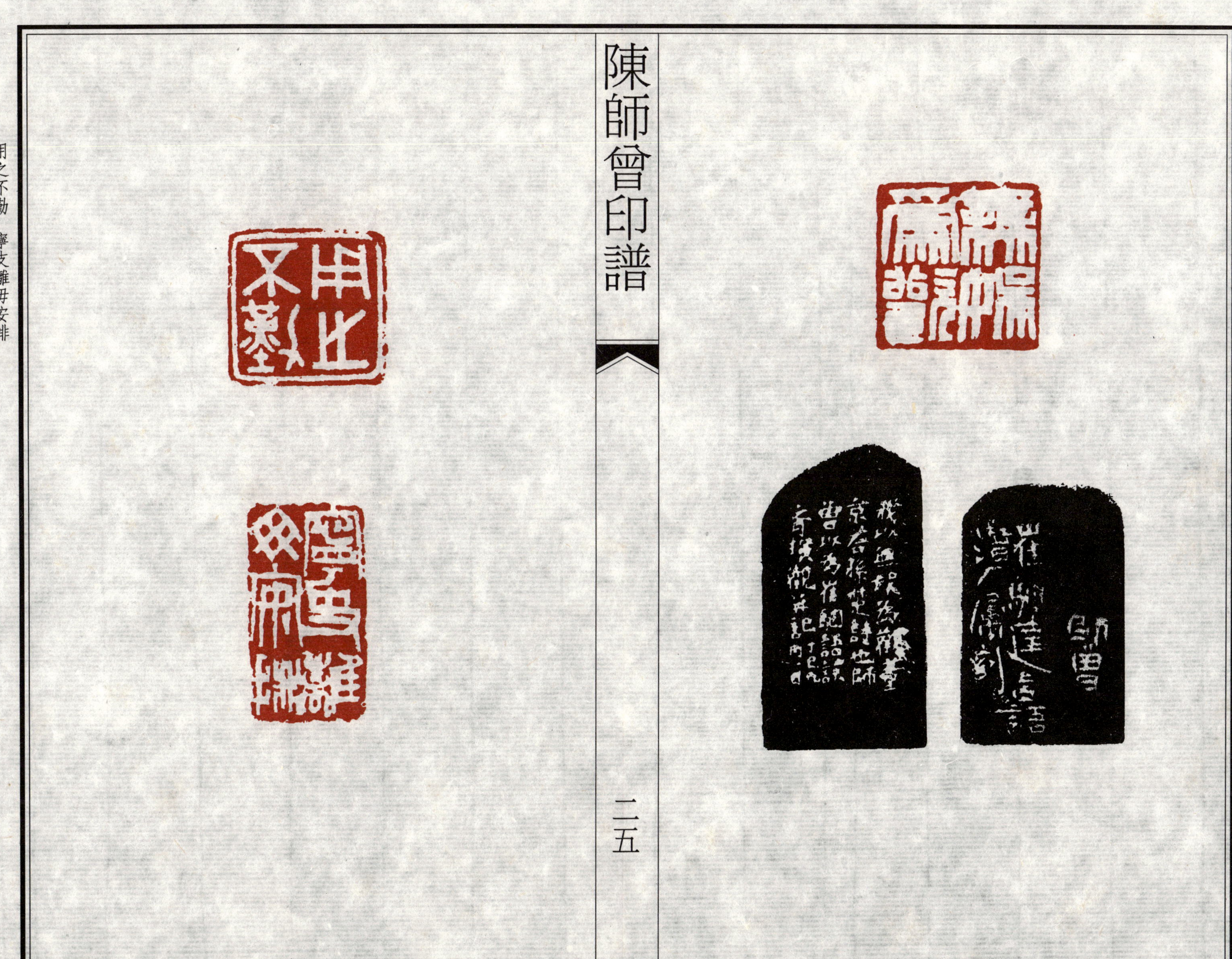

陳師曾印譜

二五

無娛爲歡

丹青不知老將至

愛畫入骨髓

衰景特立

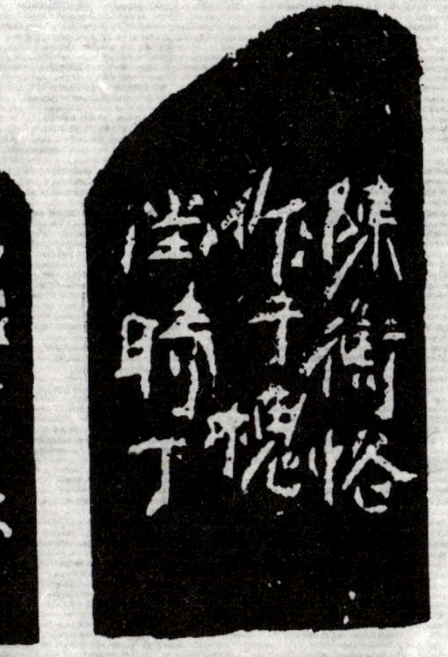

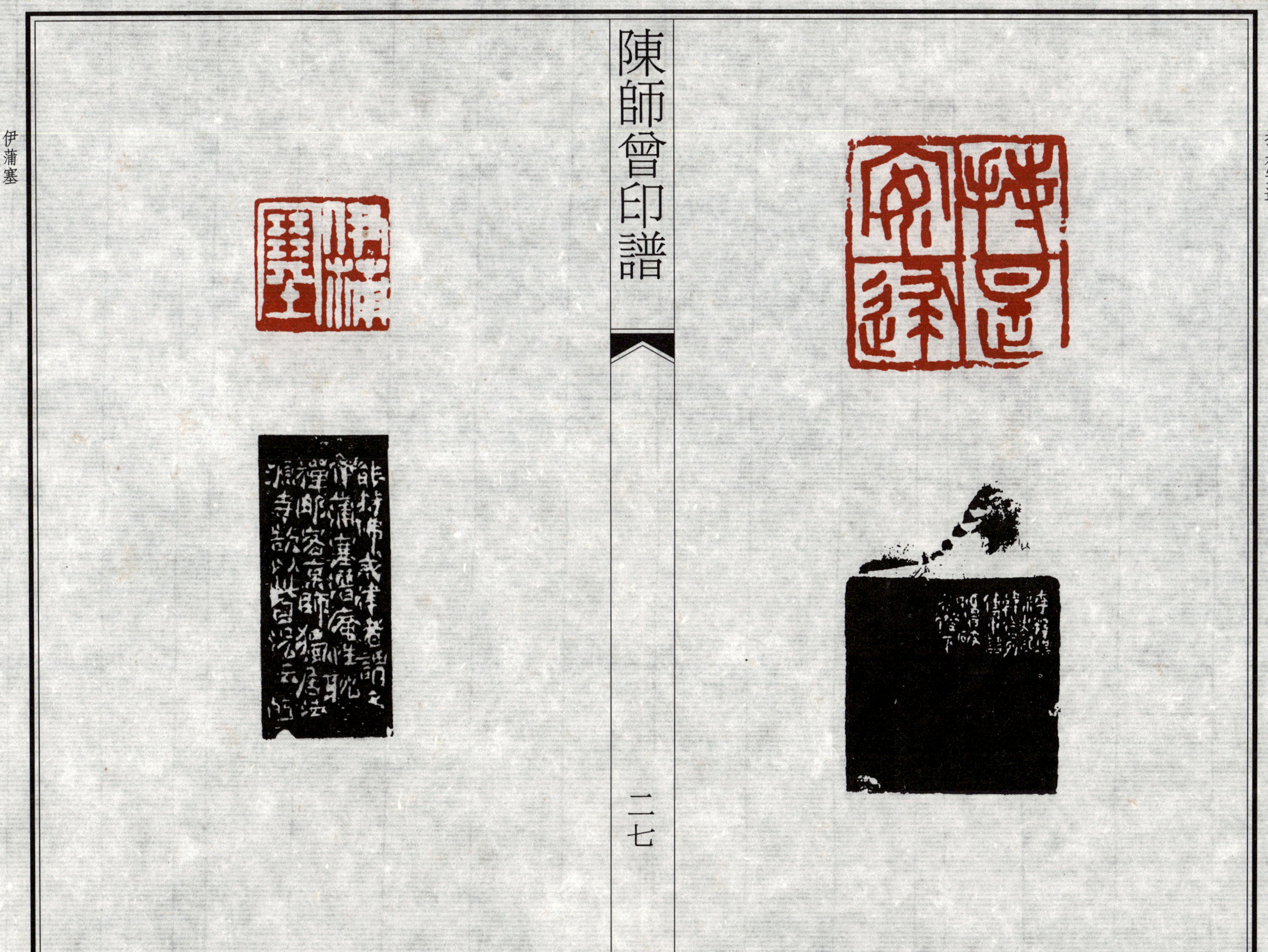

伊蒲塞

持是安逮

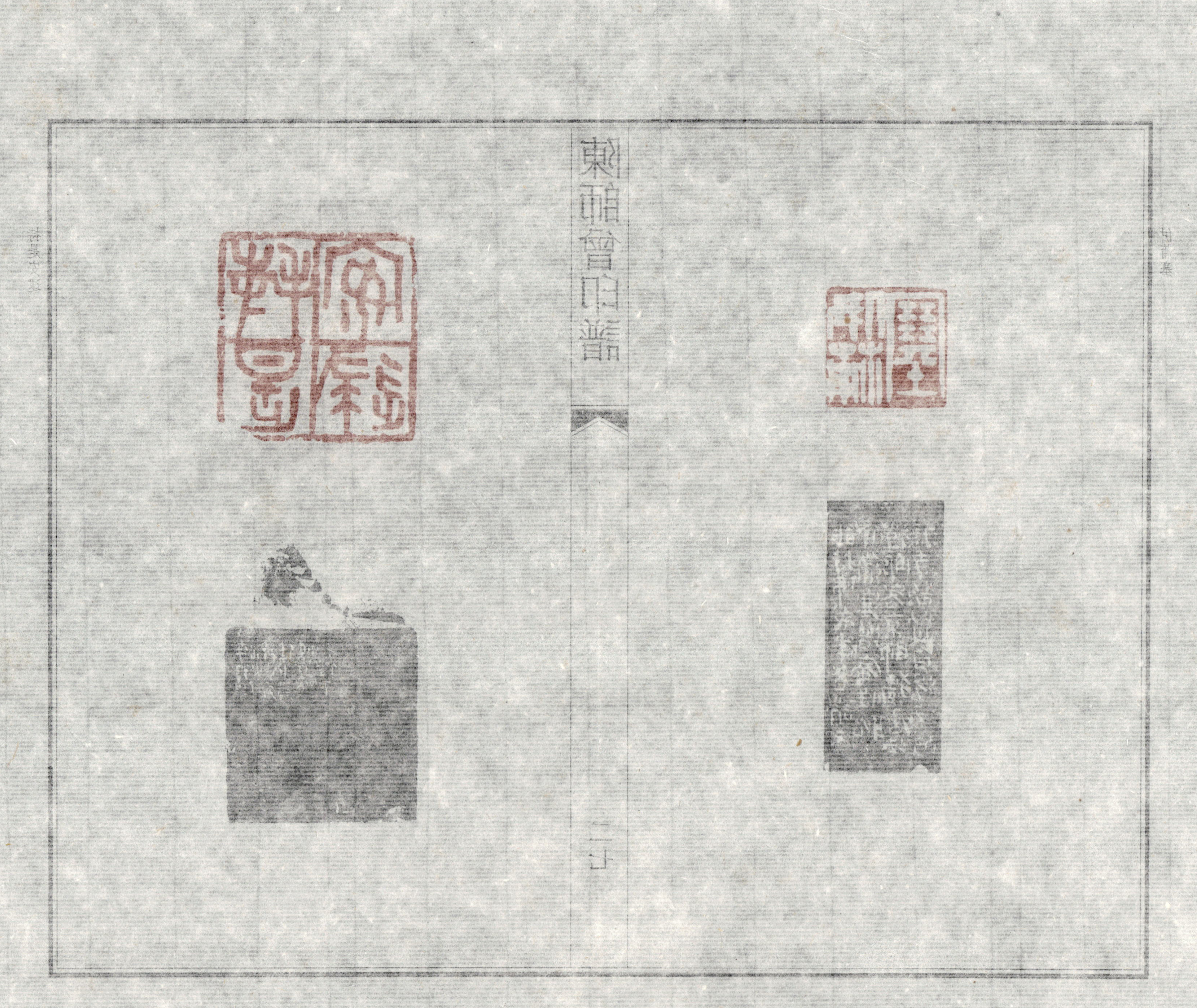

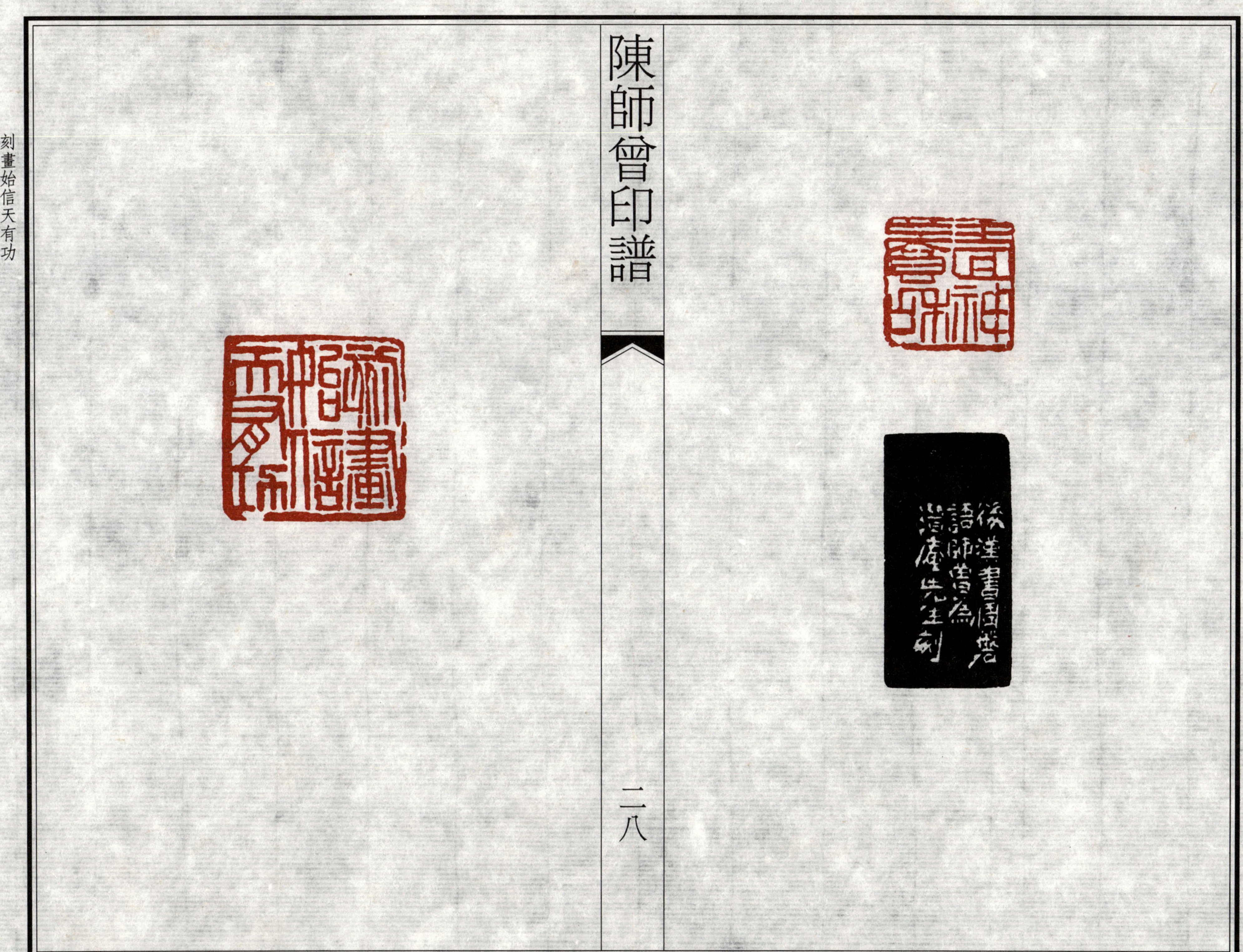

嗇神養和

刻畫始信天有功

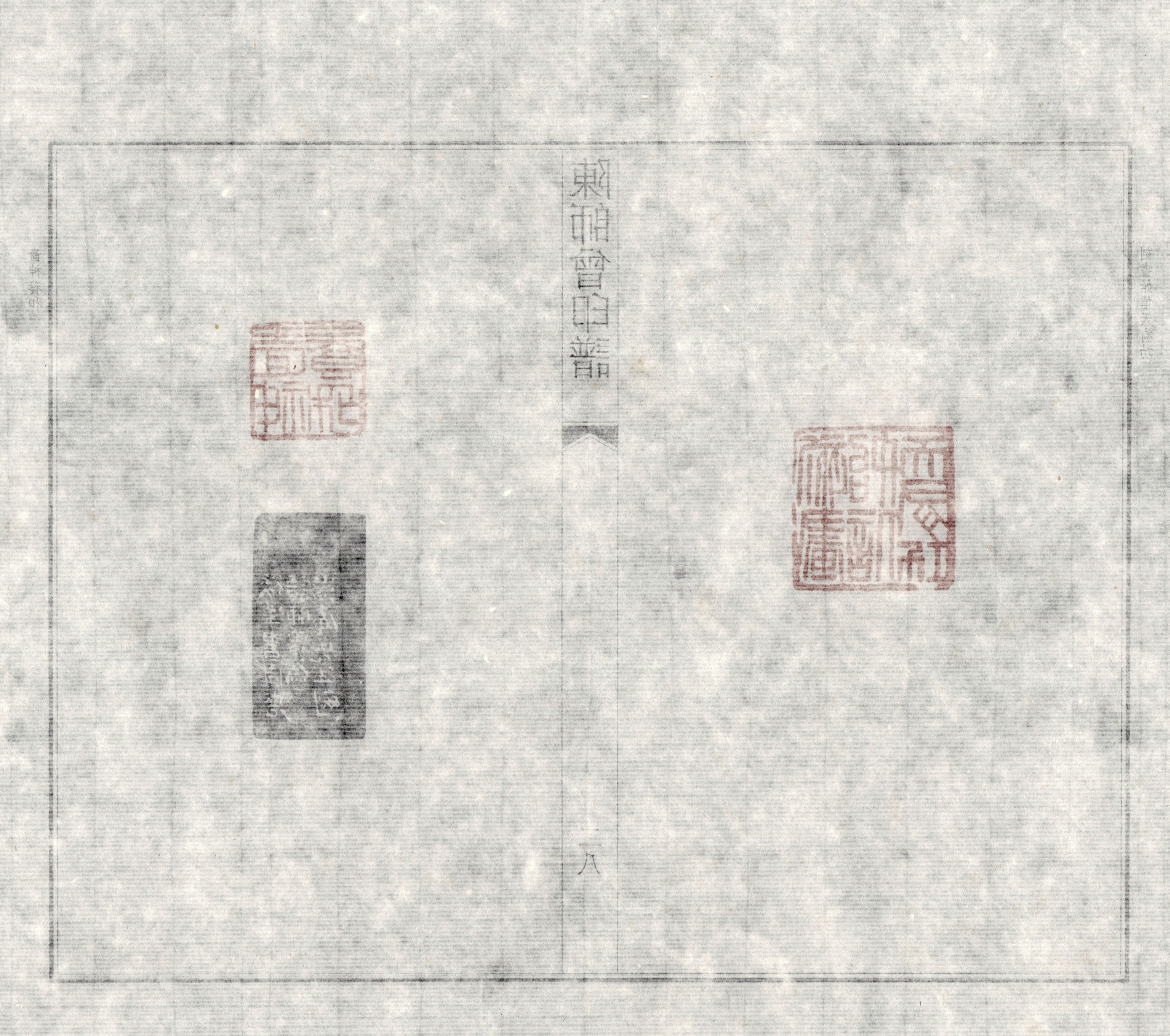

勺圃　泰鄉

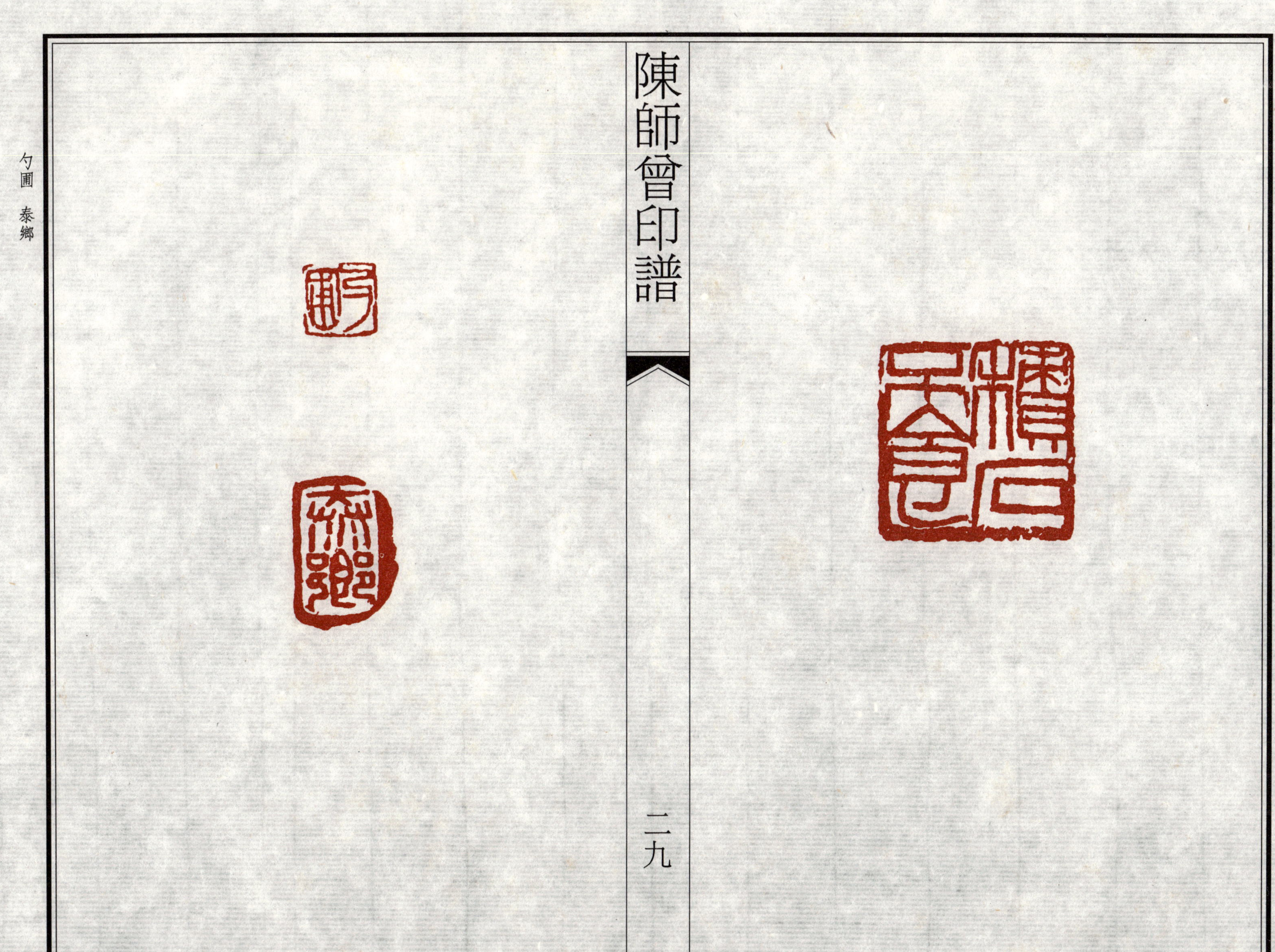

積石不食

朽木不折　知我者希

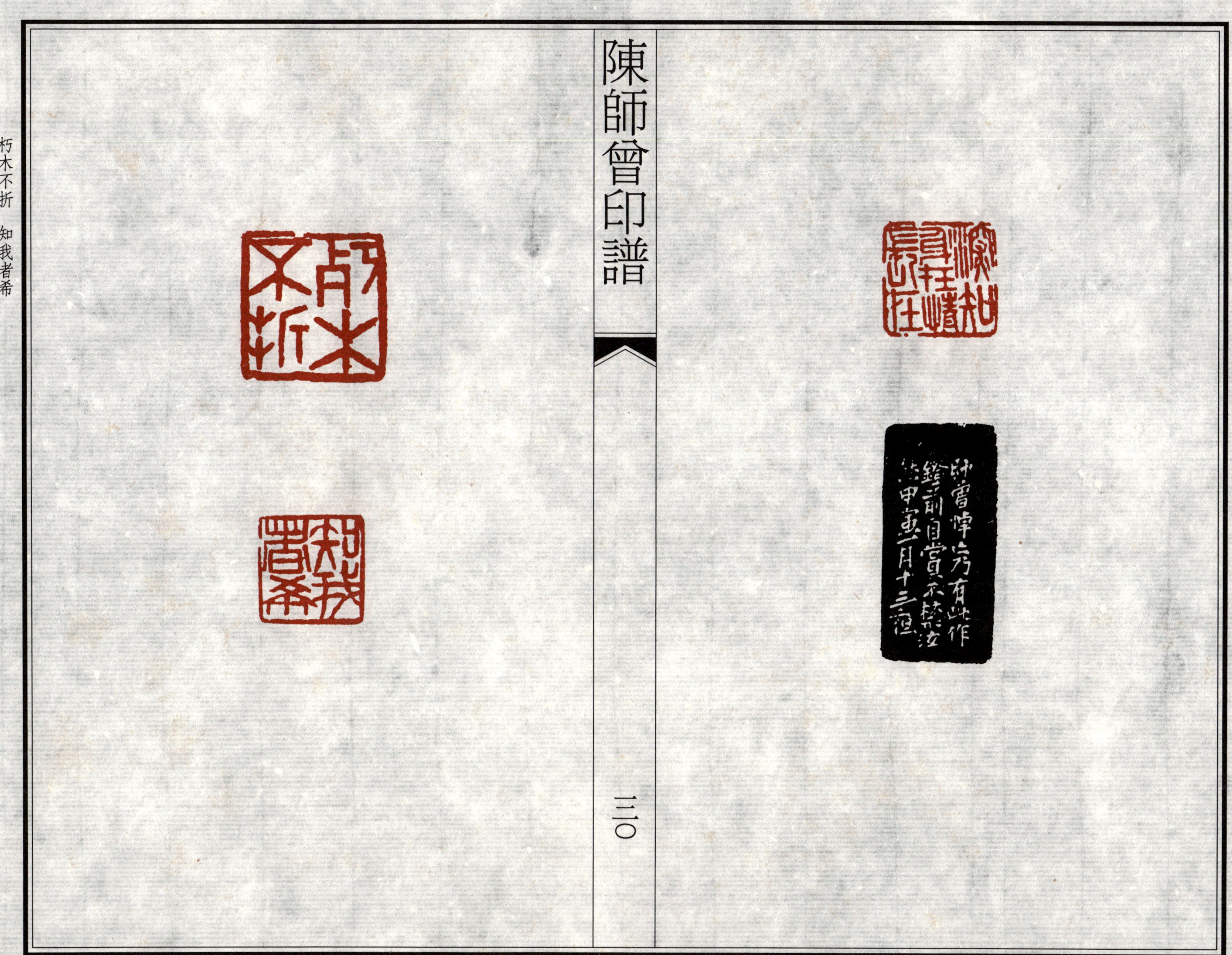

深知身在情長在

暫存三山簃

蔓淵金石

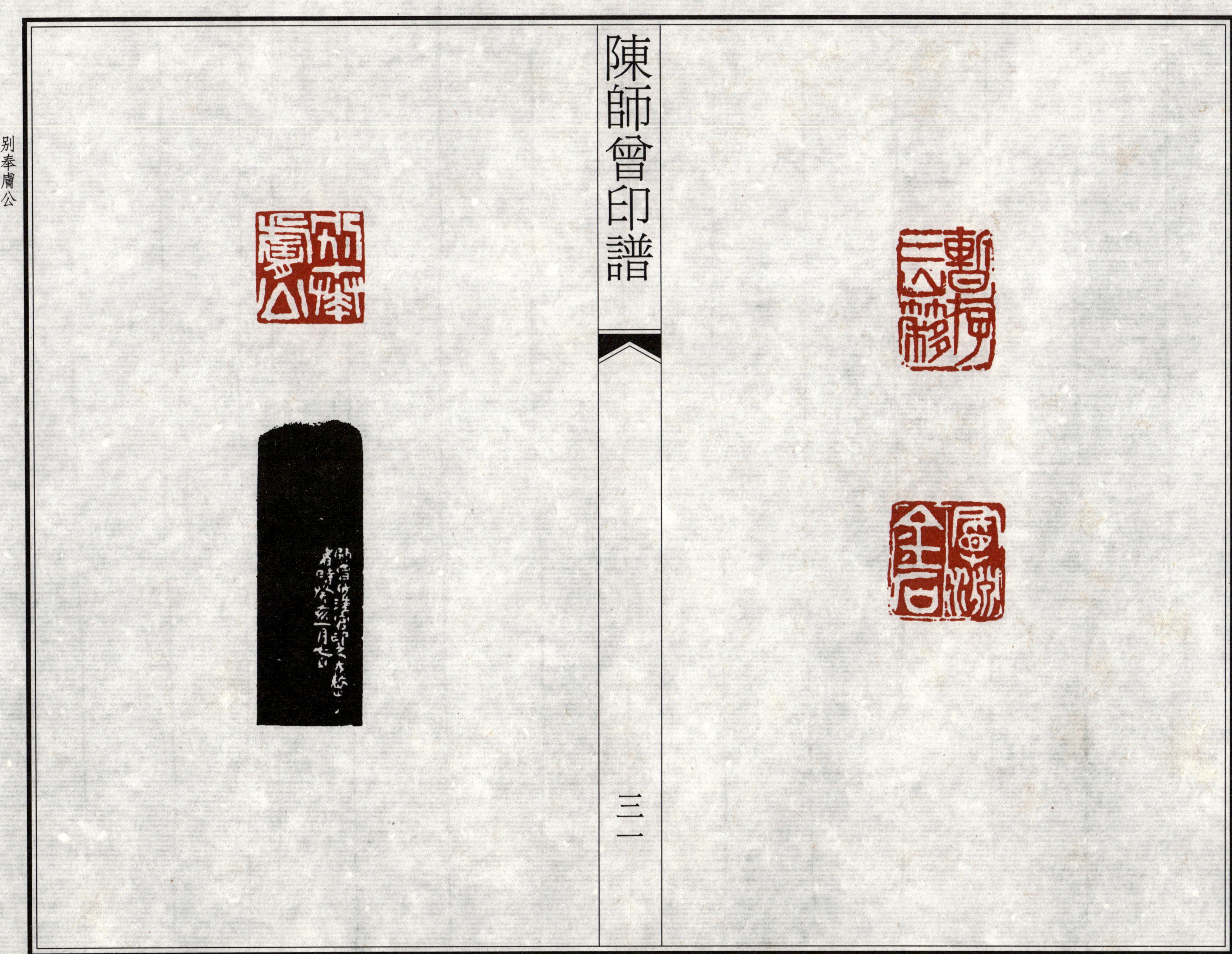

別奉膚公

小富貴

三十偁冉（髯）

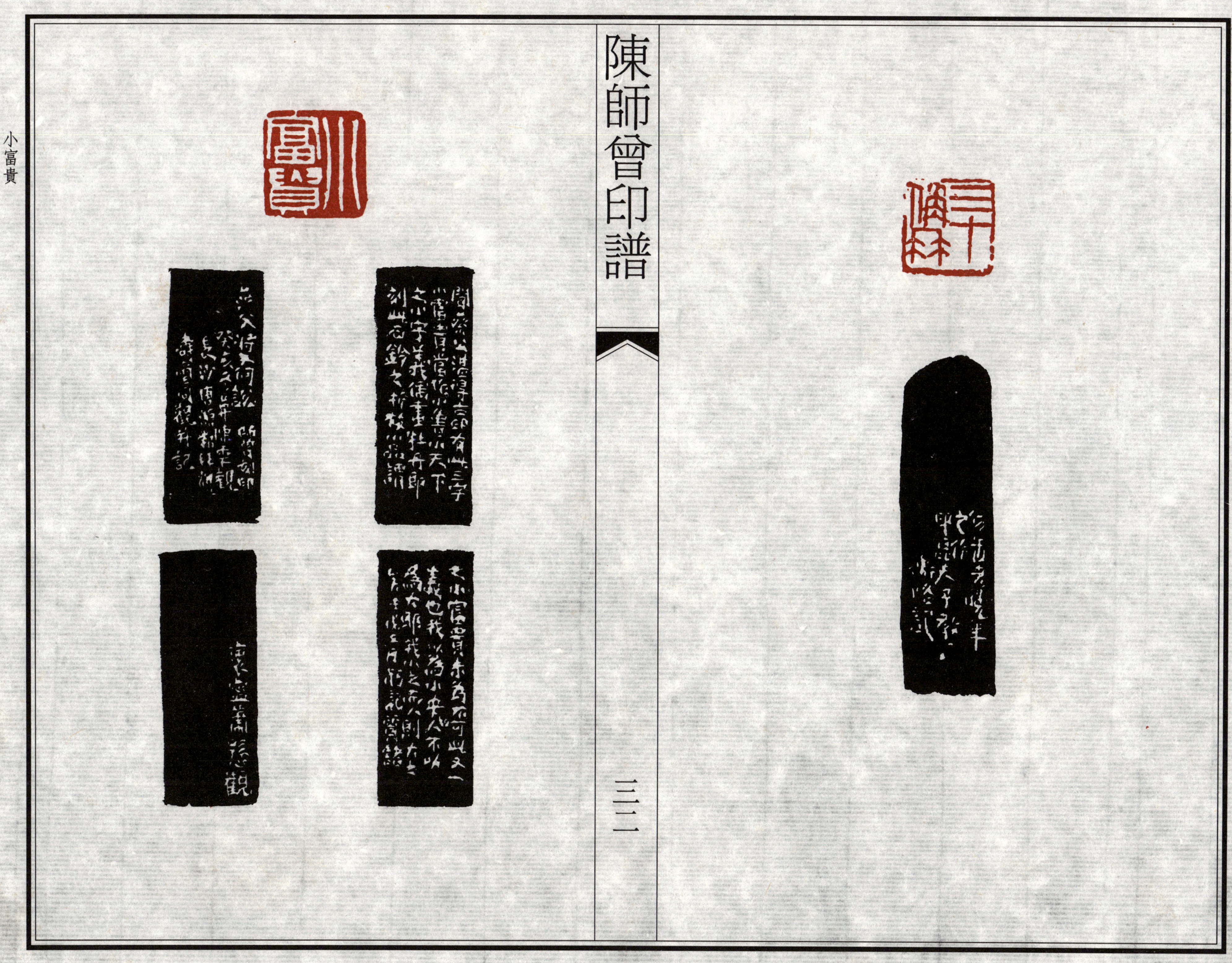

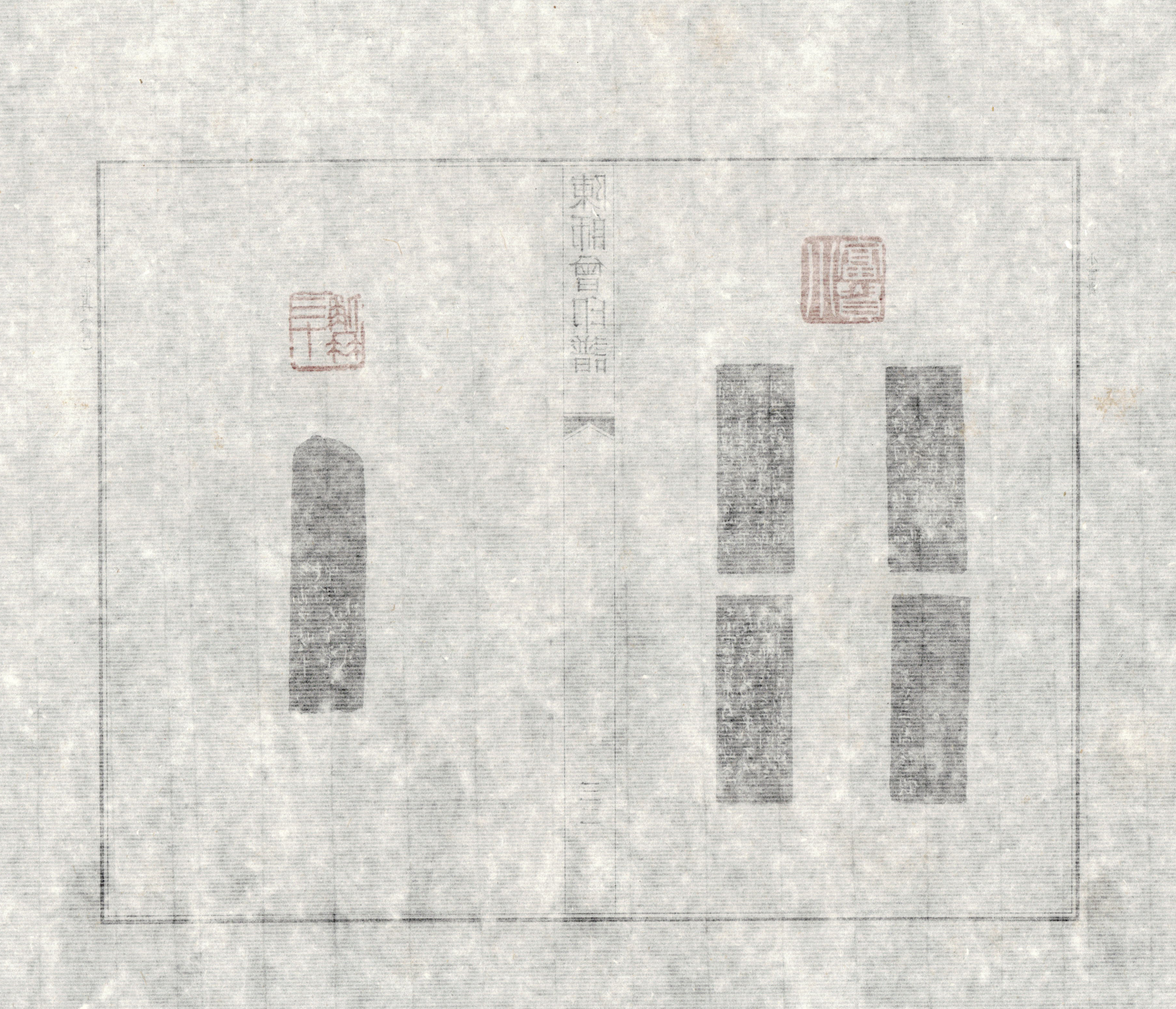

寒匏

聽詩石齋

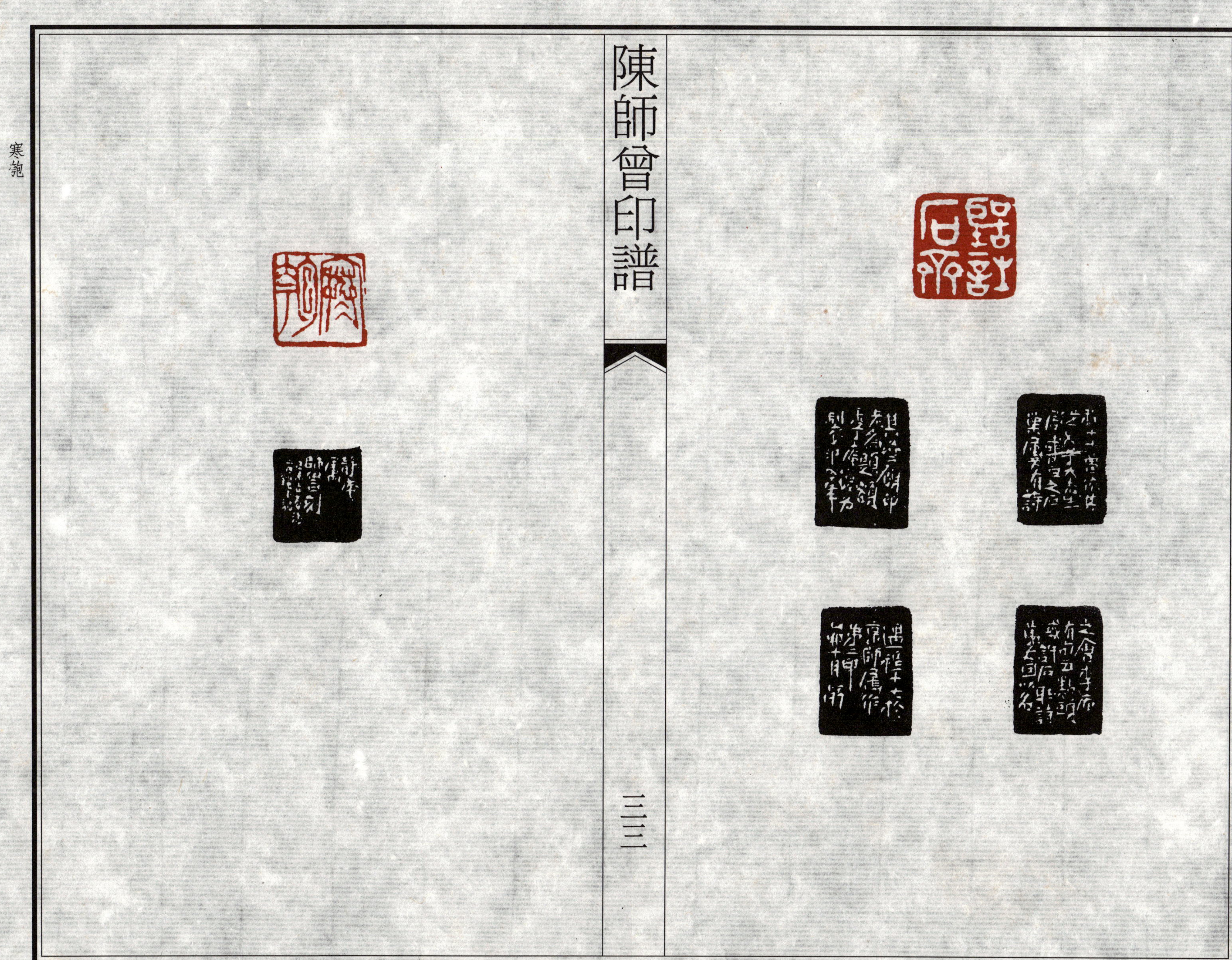

陳師曾印譜

三三

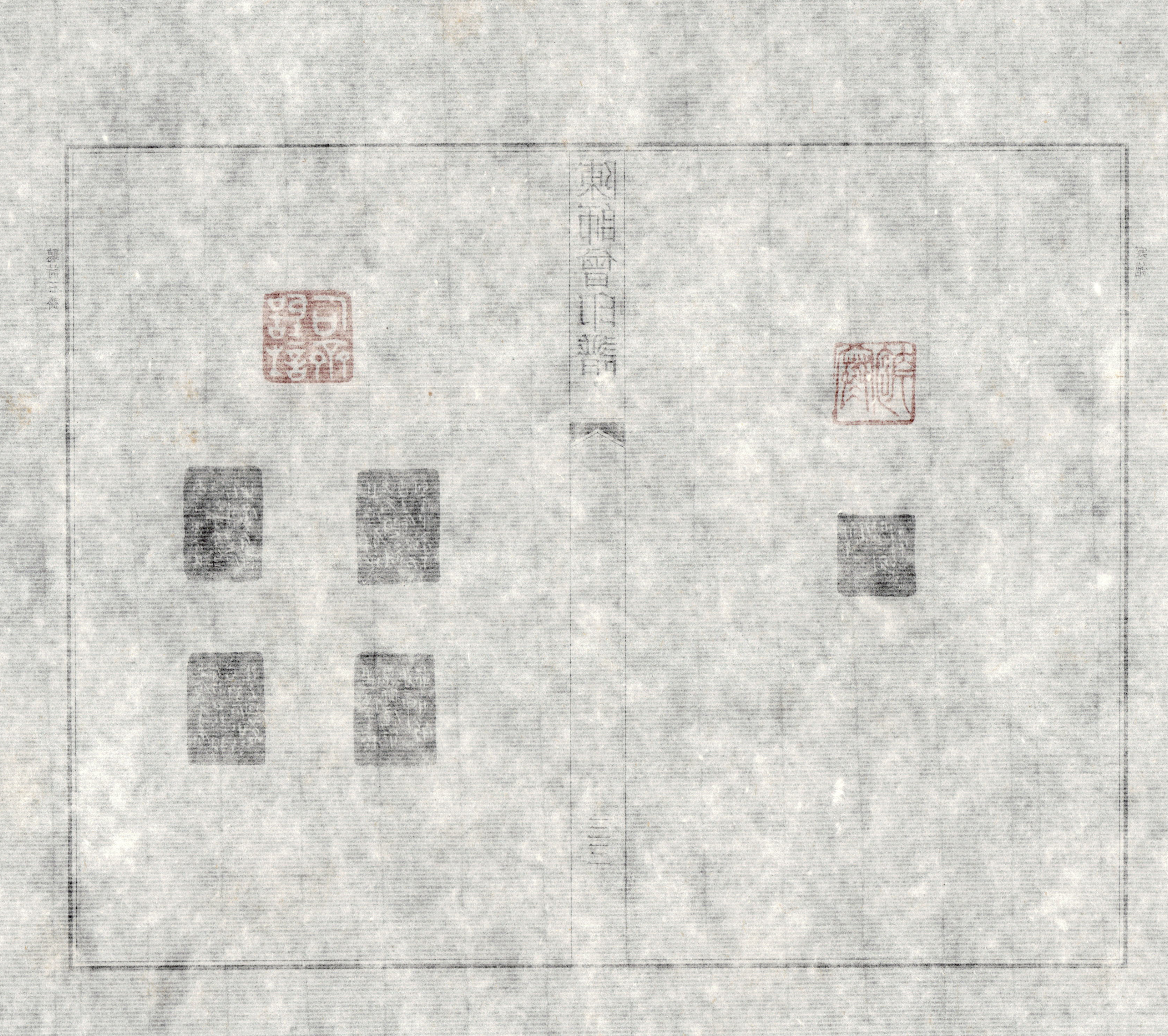

寒匏簃　遂初堂

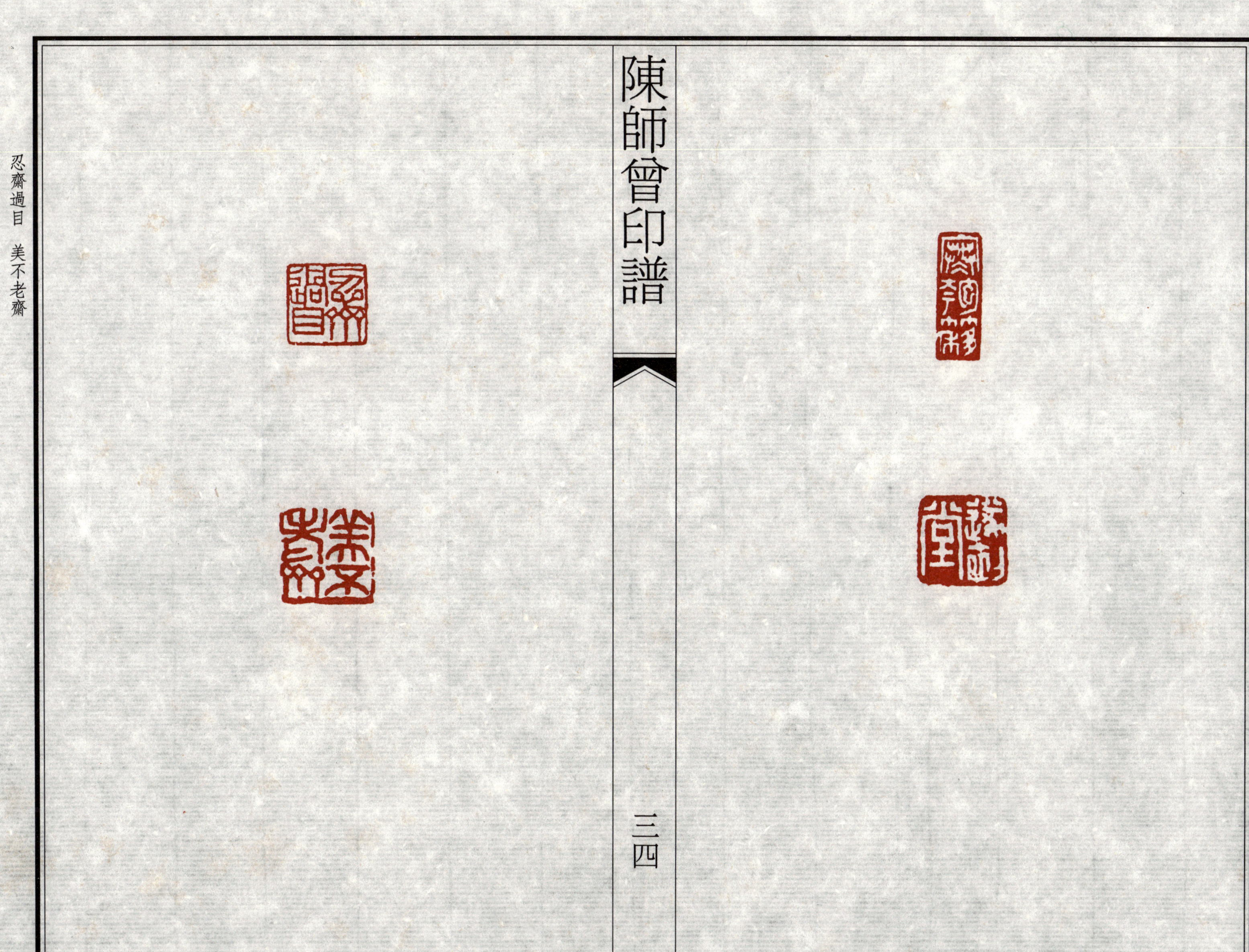

忍齋過目　美不老齋

篠瓦精舍

亡（無）邊花盦

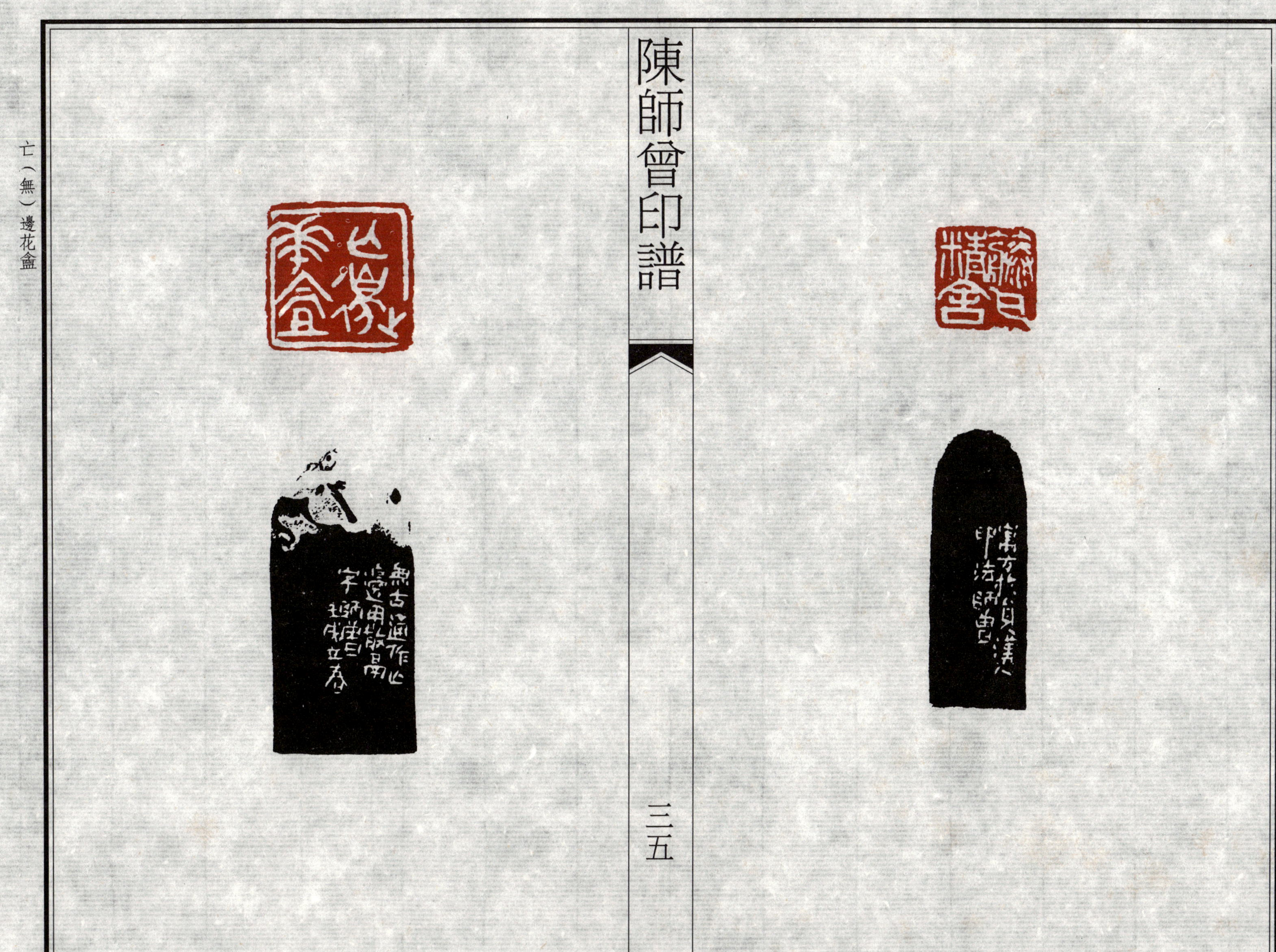

一畝之宫　寒香半畝

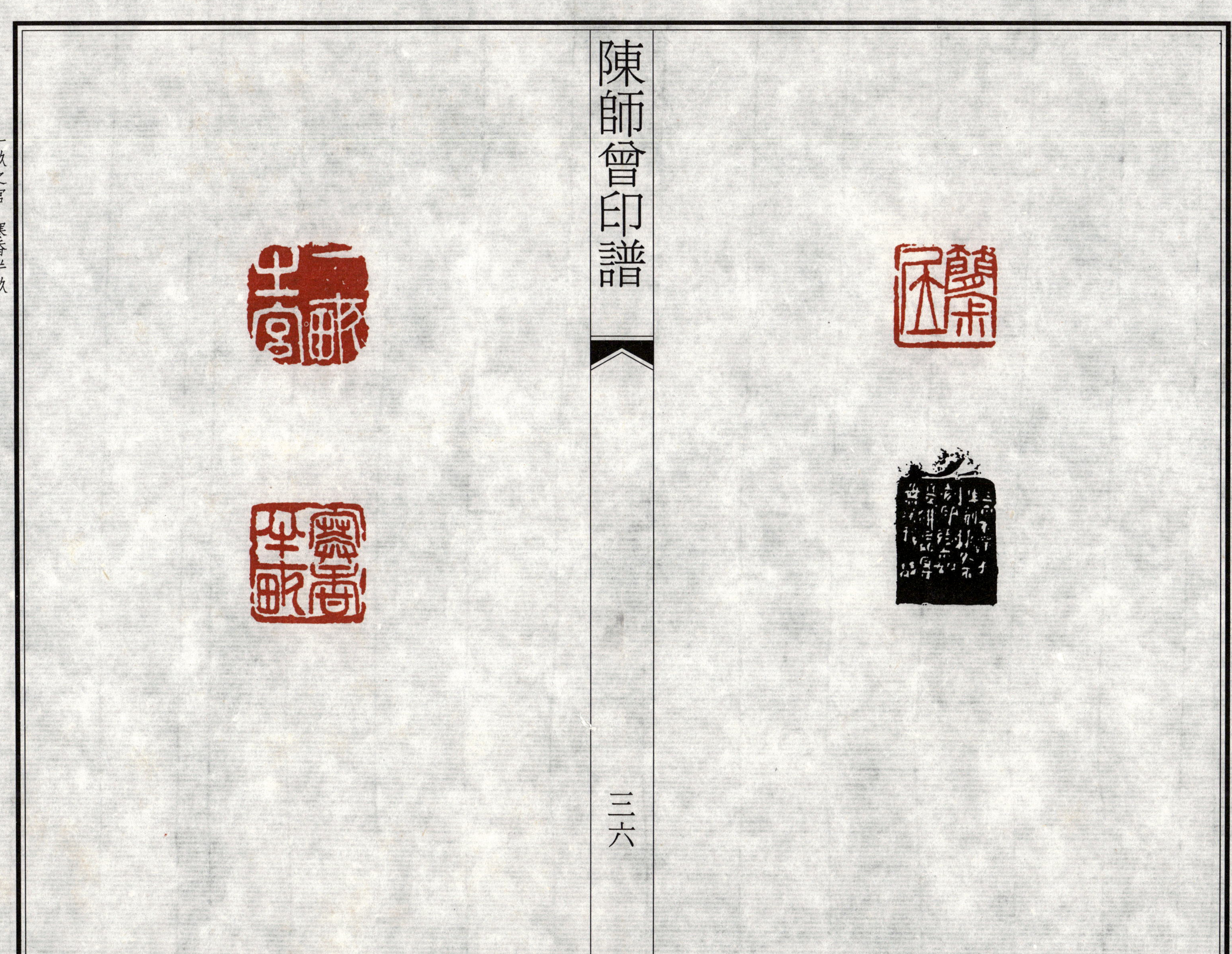

簡寂居

无（無）町畦　眞如舊館

山邊一樓　石魚齋

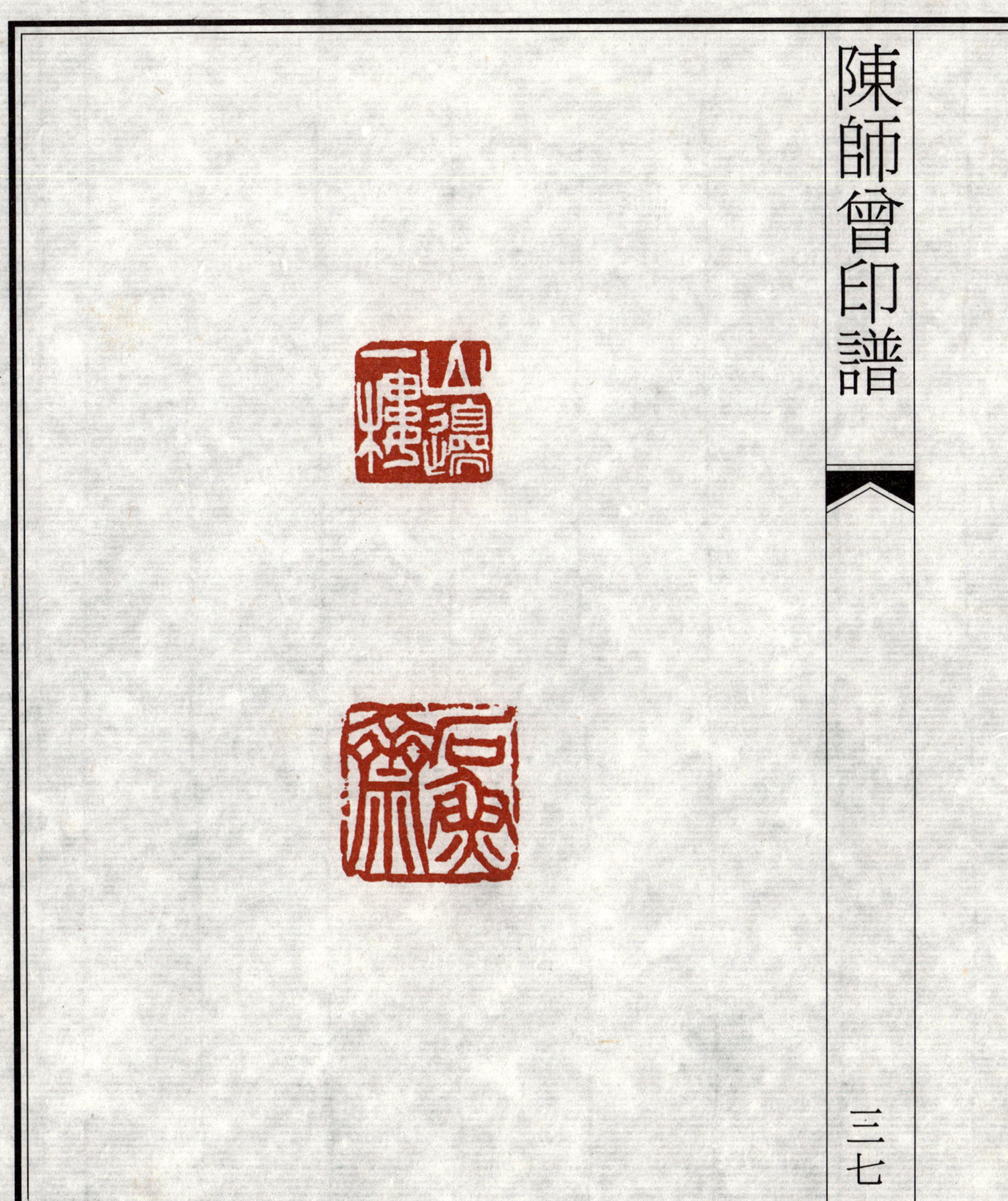

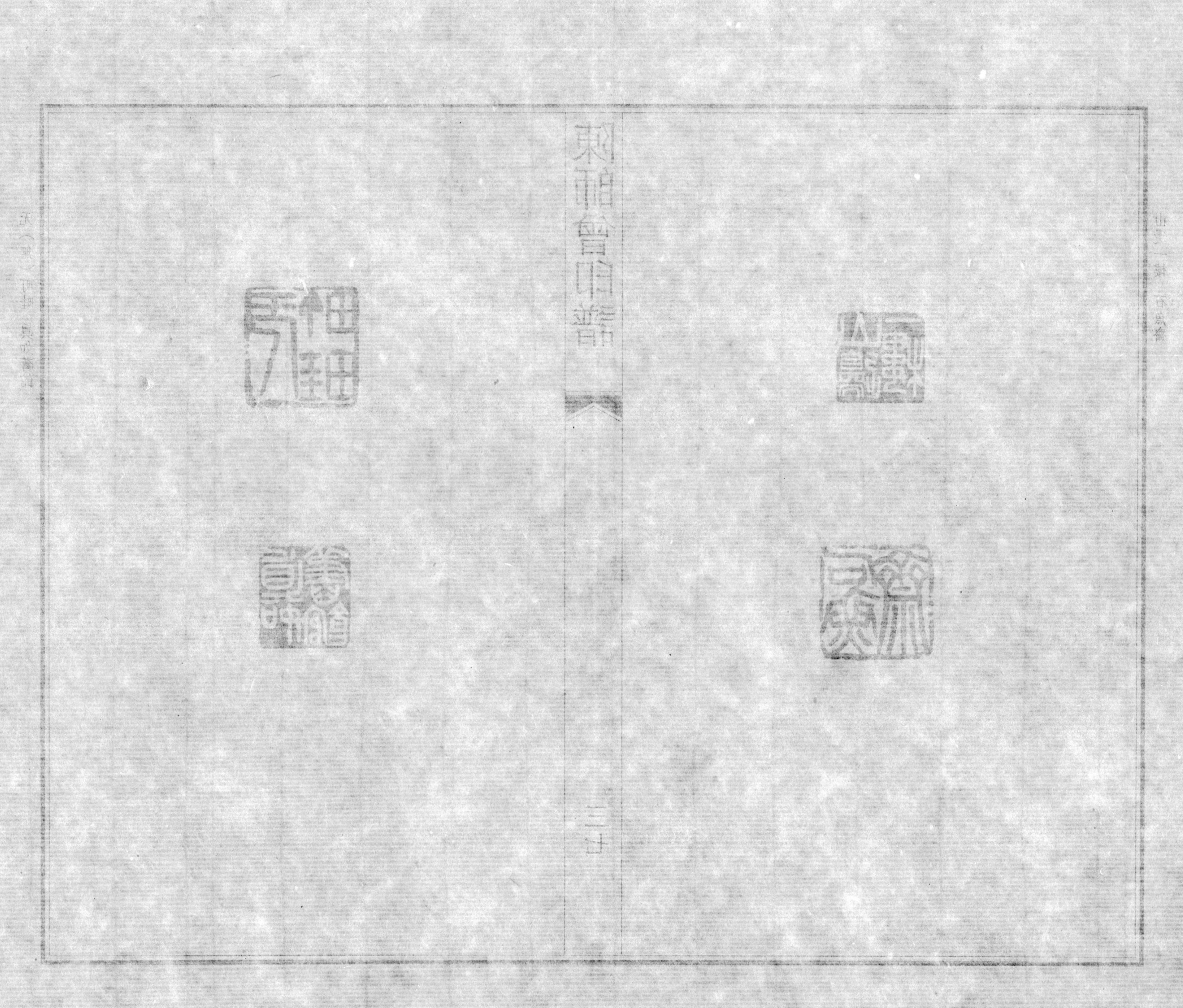

神遊之庭　甗痕閣

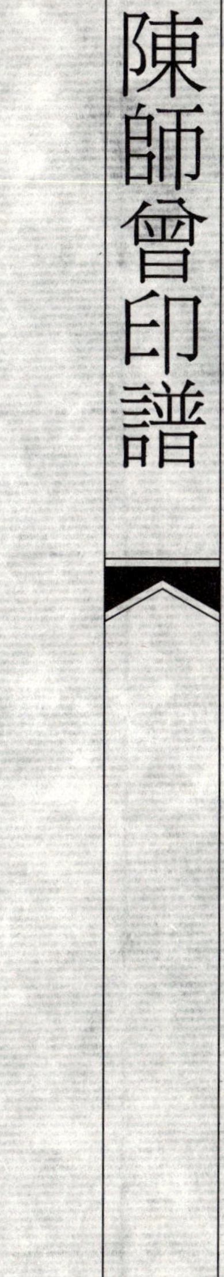

碧雞館　十嚴居藏

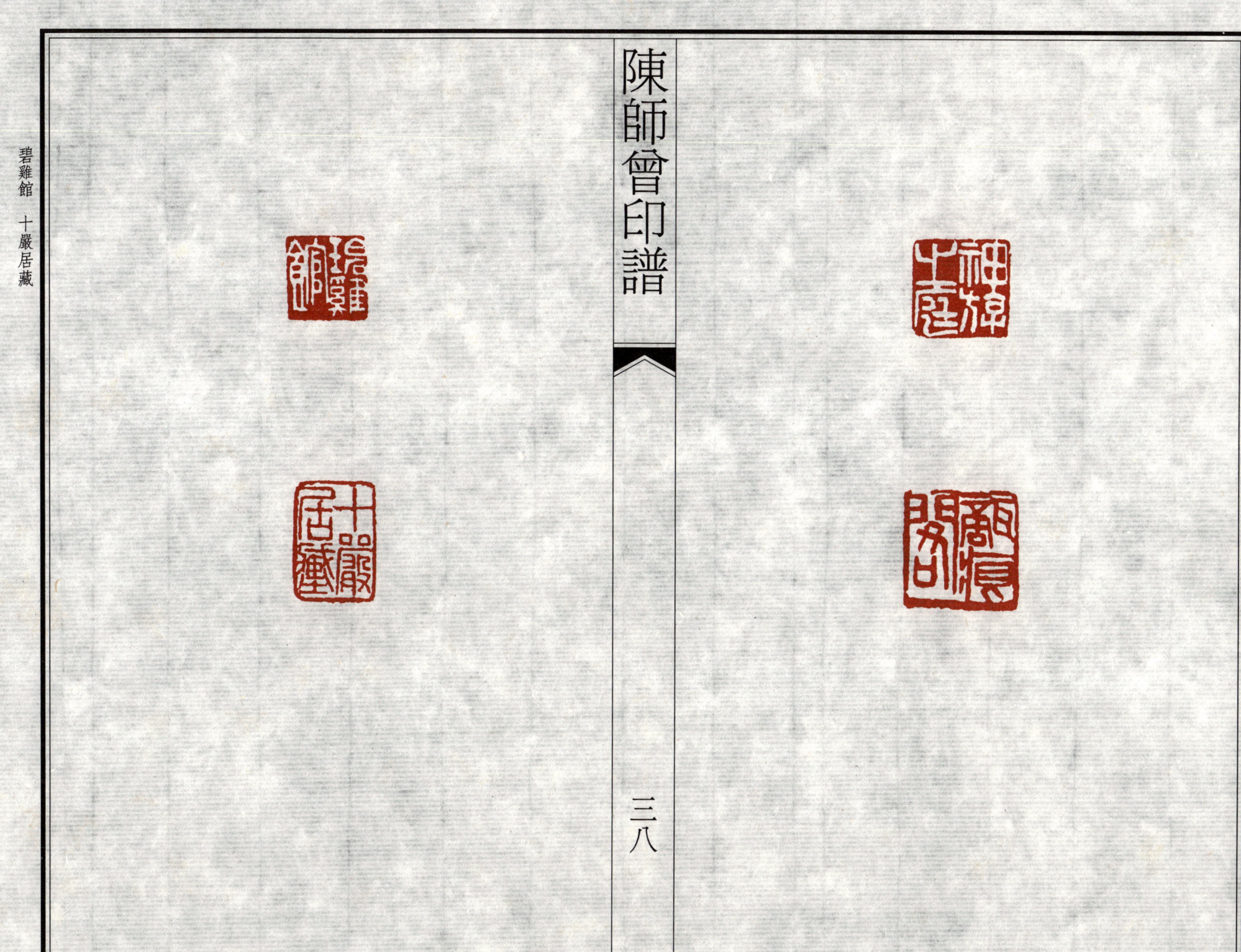

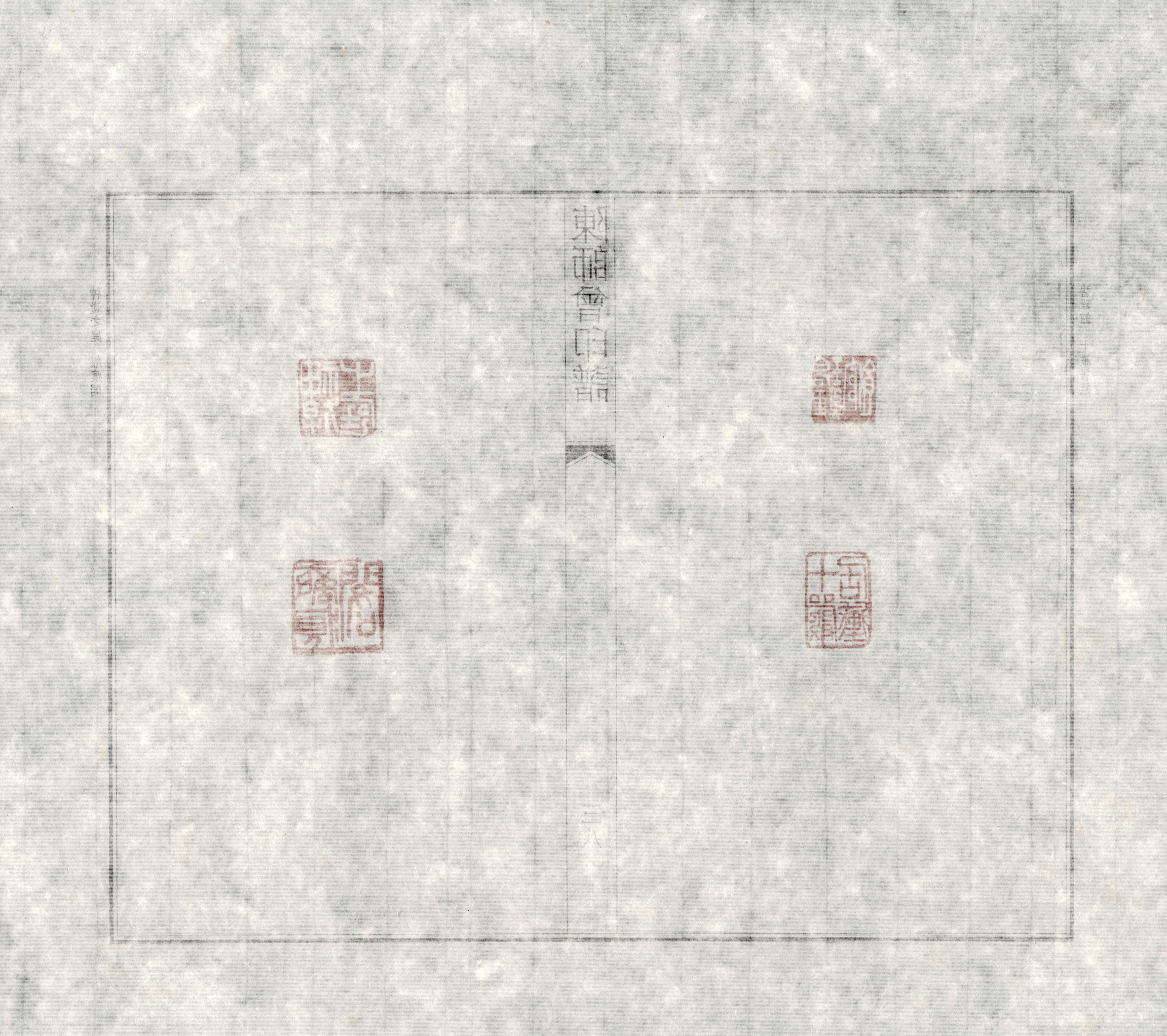

弗堂金石　弗堂

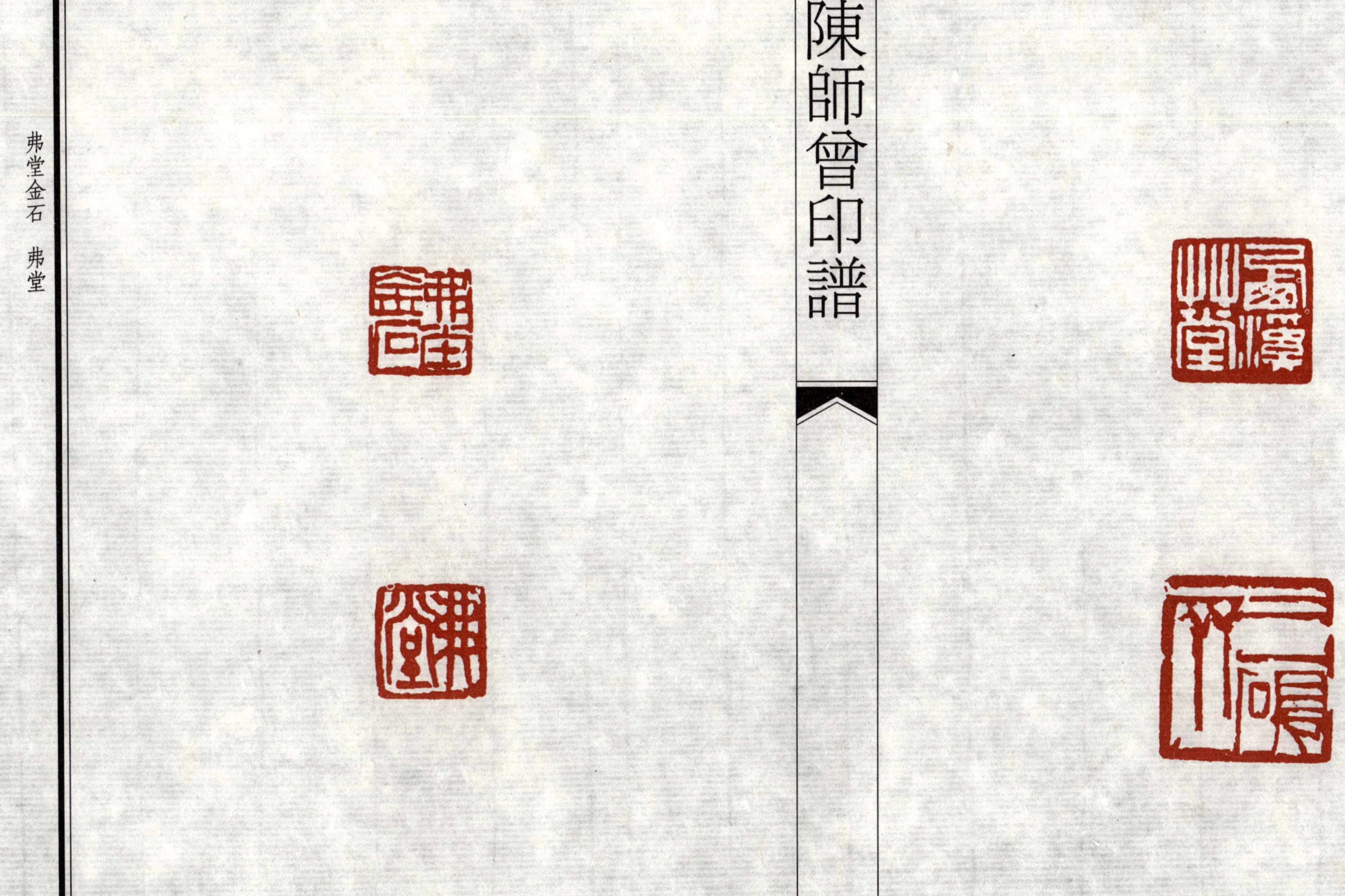

西溪艸（草）堂　三硯齋

東湖會印譜

二龍山房

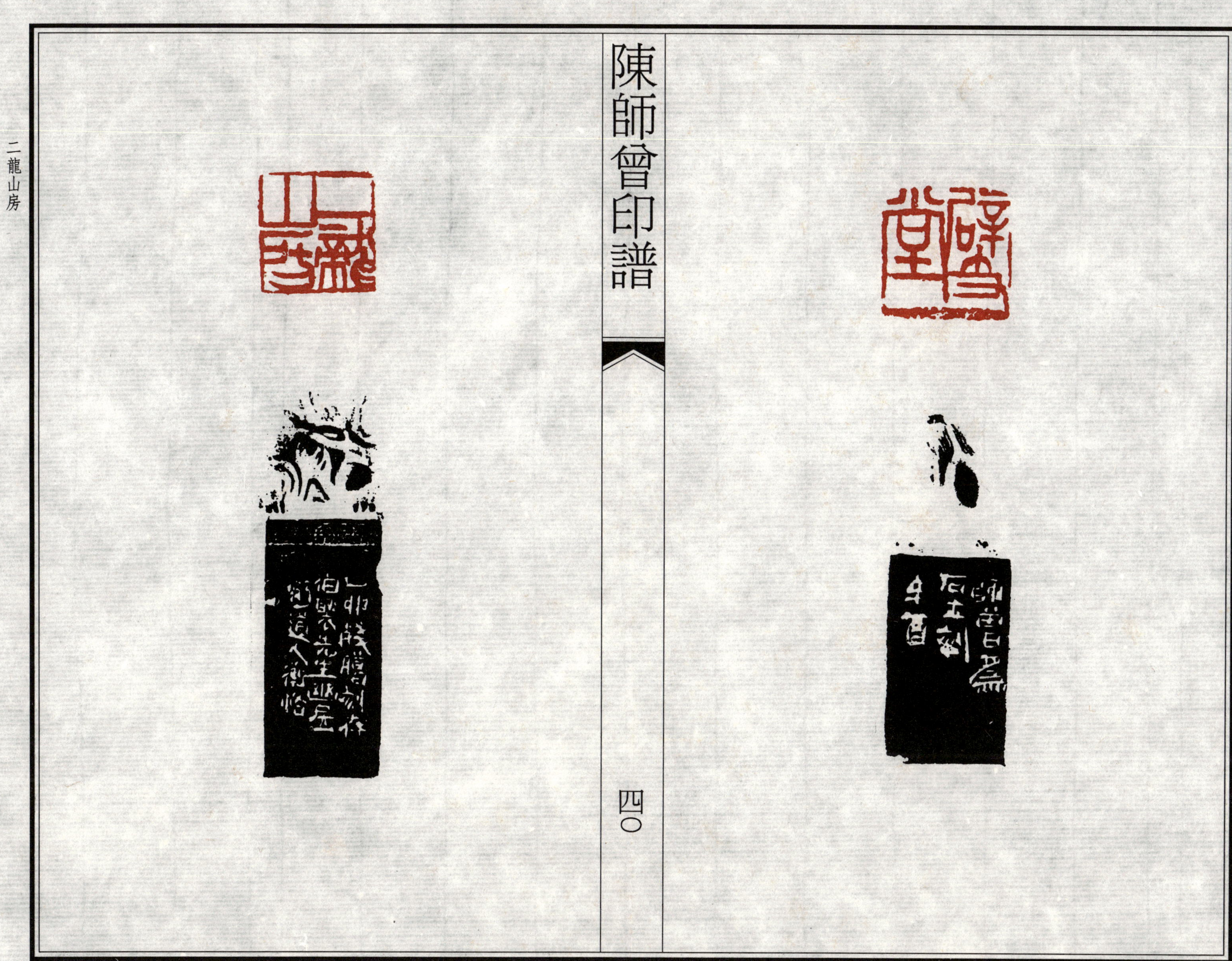

陳師曾印譜

四〇

辟支堂

喚玉簪

九還齋印

大鳳齋印

吳生年

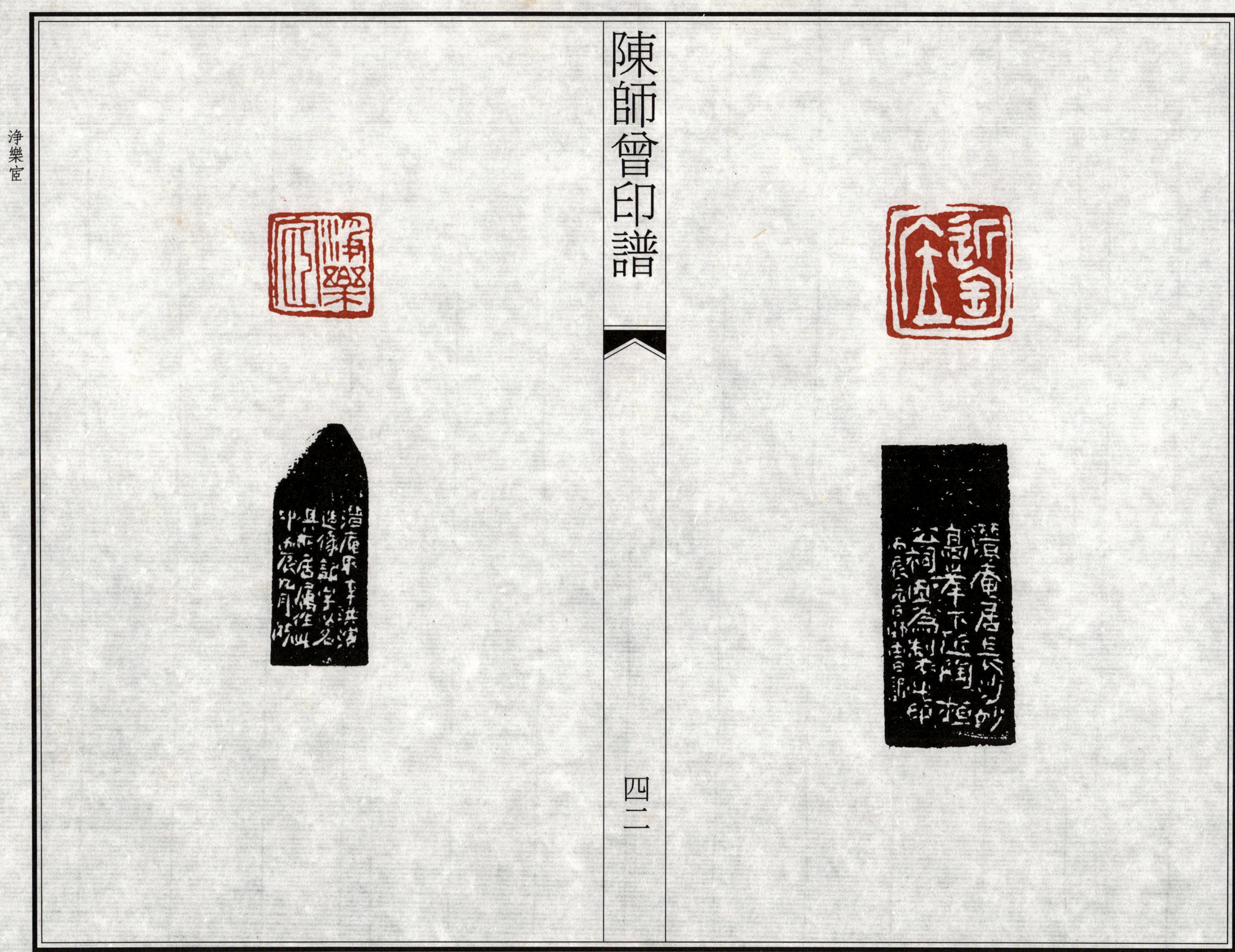

近匋居

净樂宧

半宧　陶周閣

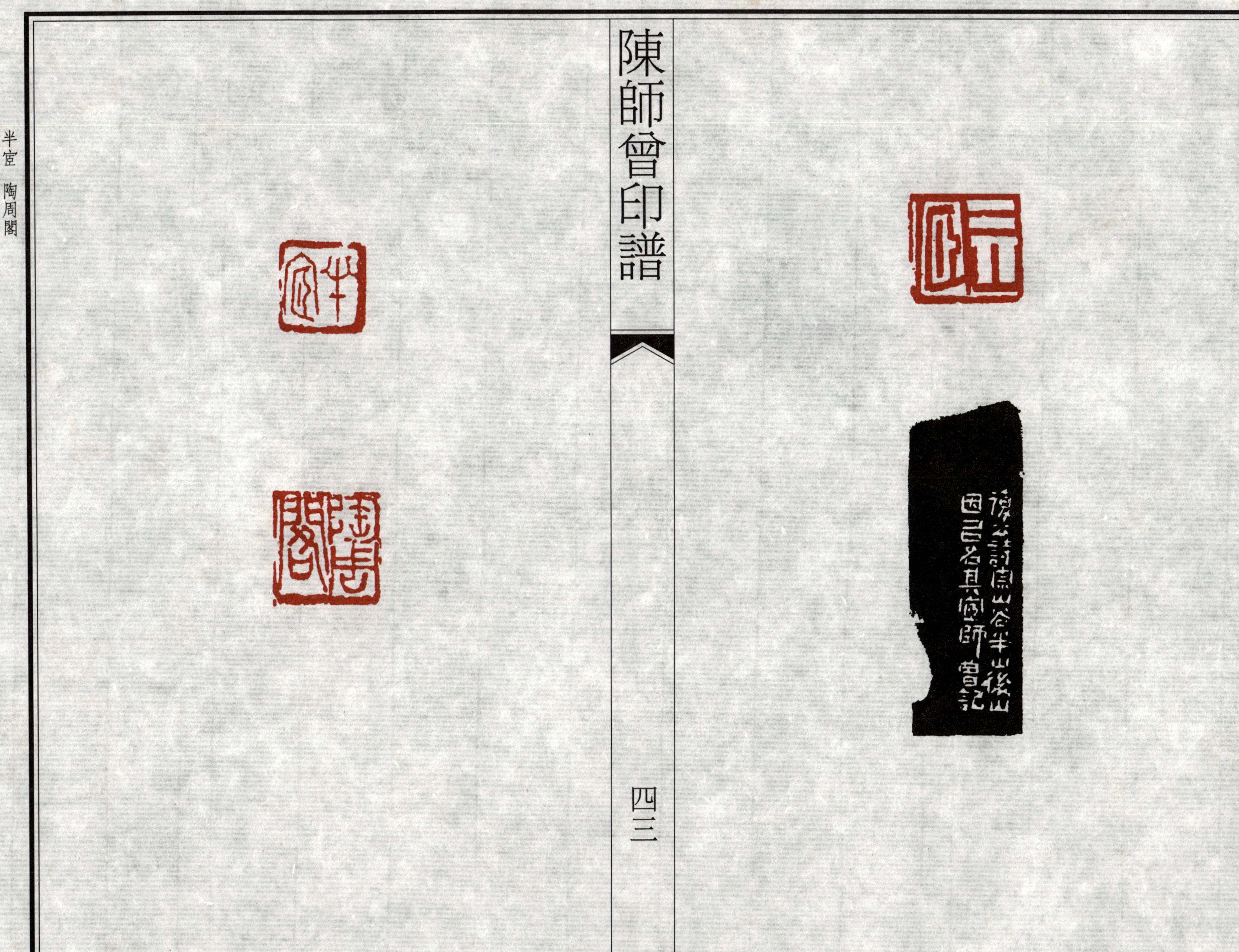

三山宧

閒（閑）權室

印昆師以林和靖
詩意名其室
命衡恪刻識

甄殷陶周

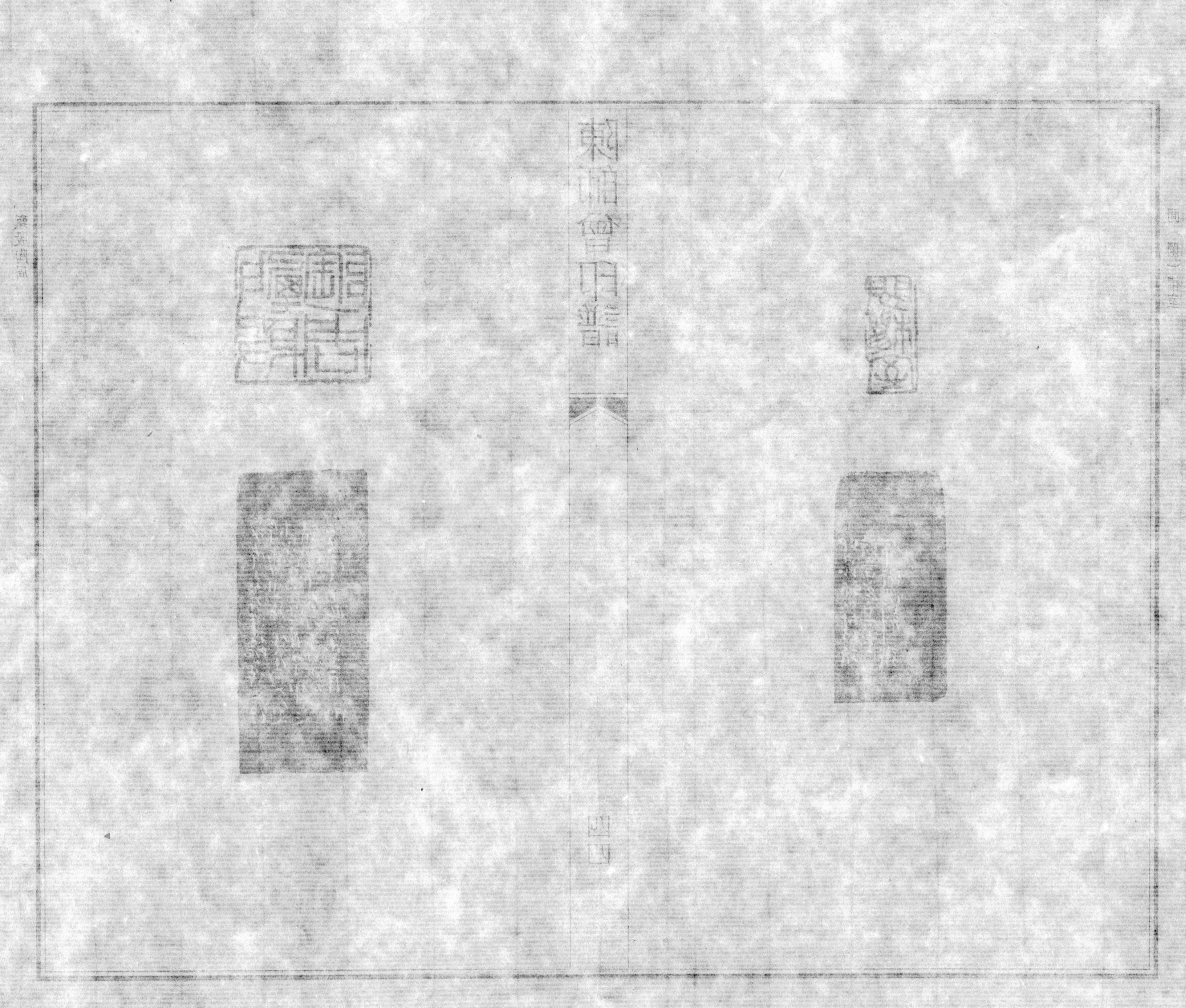

桂堂　桂堂金石

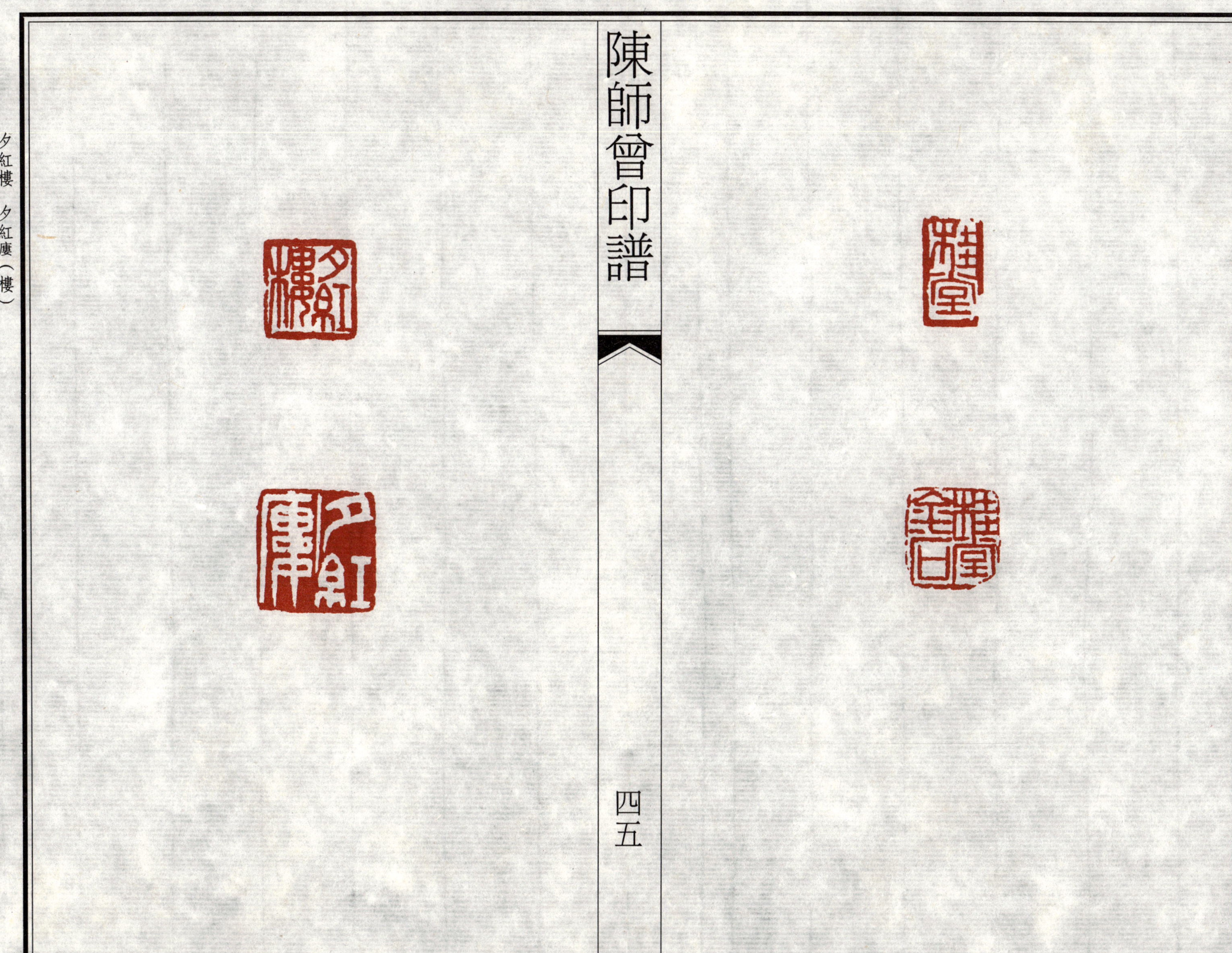

夕紅樓　夕紅廔（樓）

邯亭　女蘿亭

鞠梅雙景盦　鞠梅雙景盦

染倉室　染倉室

在山亭　喆頌亭

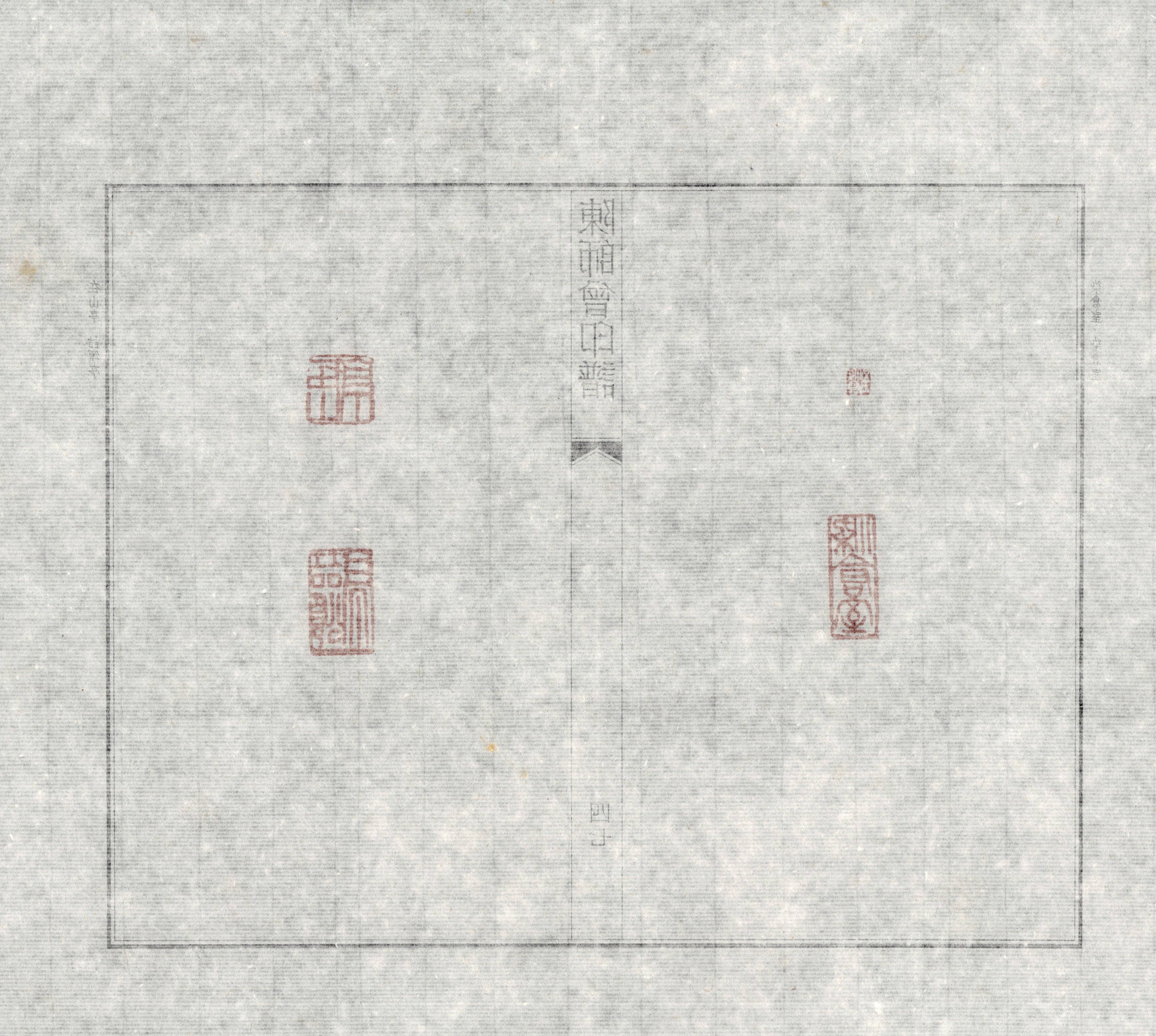

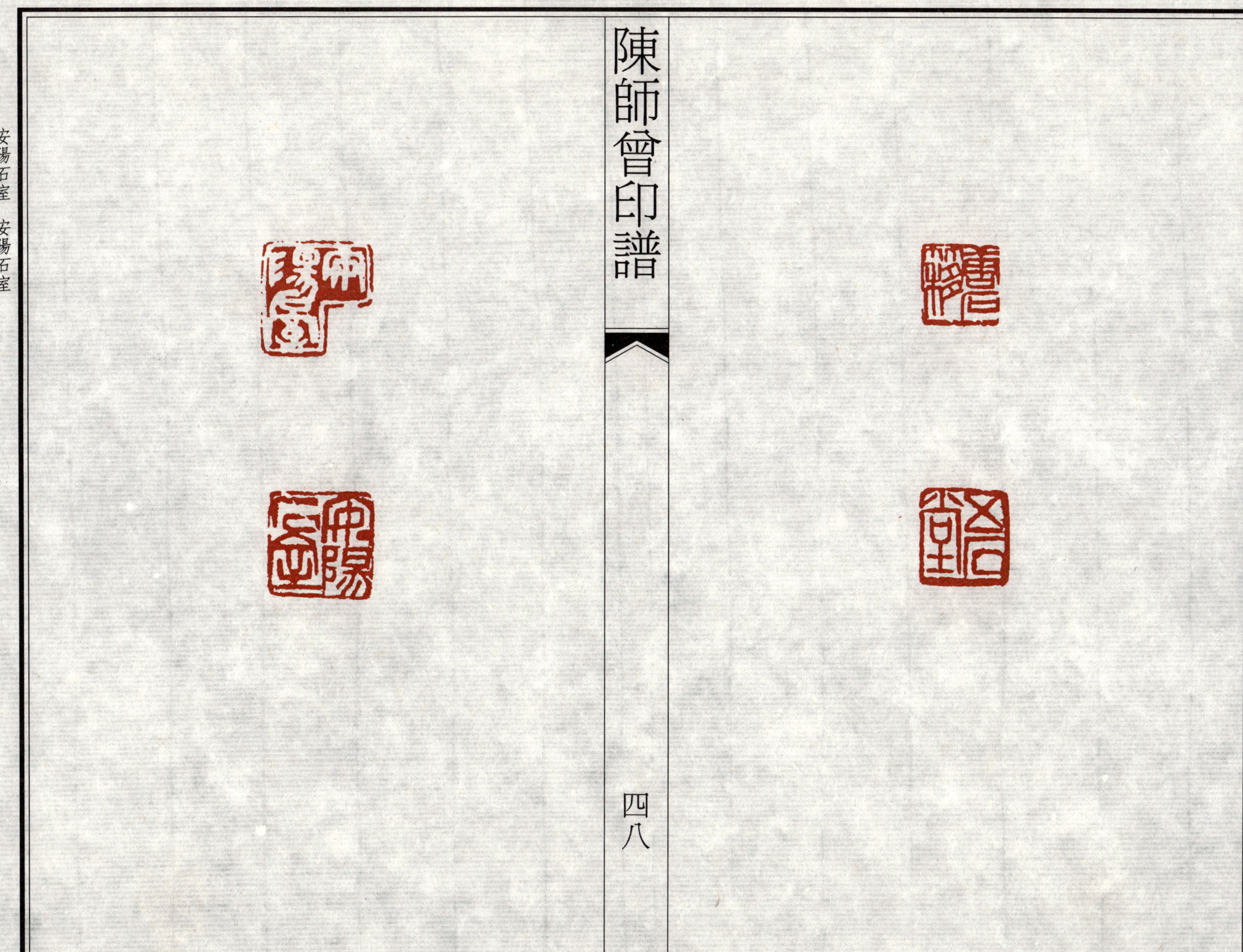

唐石簃　五石堂

安陽石室　安陽石室

安陽石室　槐堂

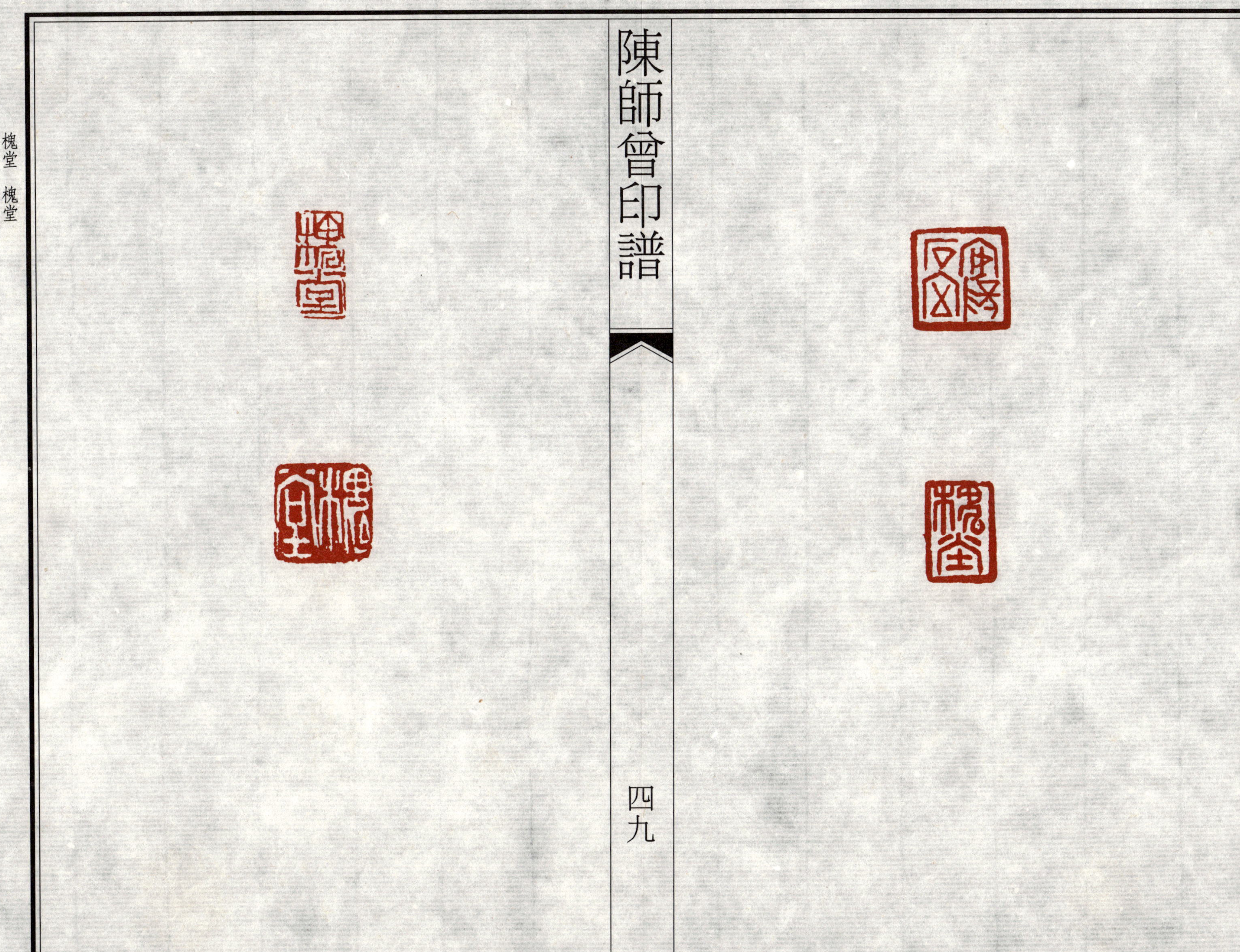

陳師曾印譜

四九

槐堂　槐堂

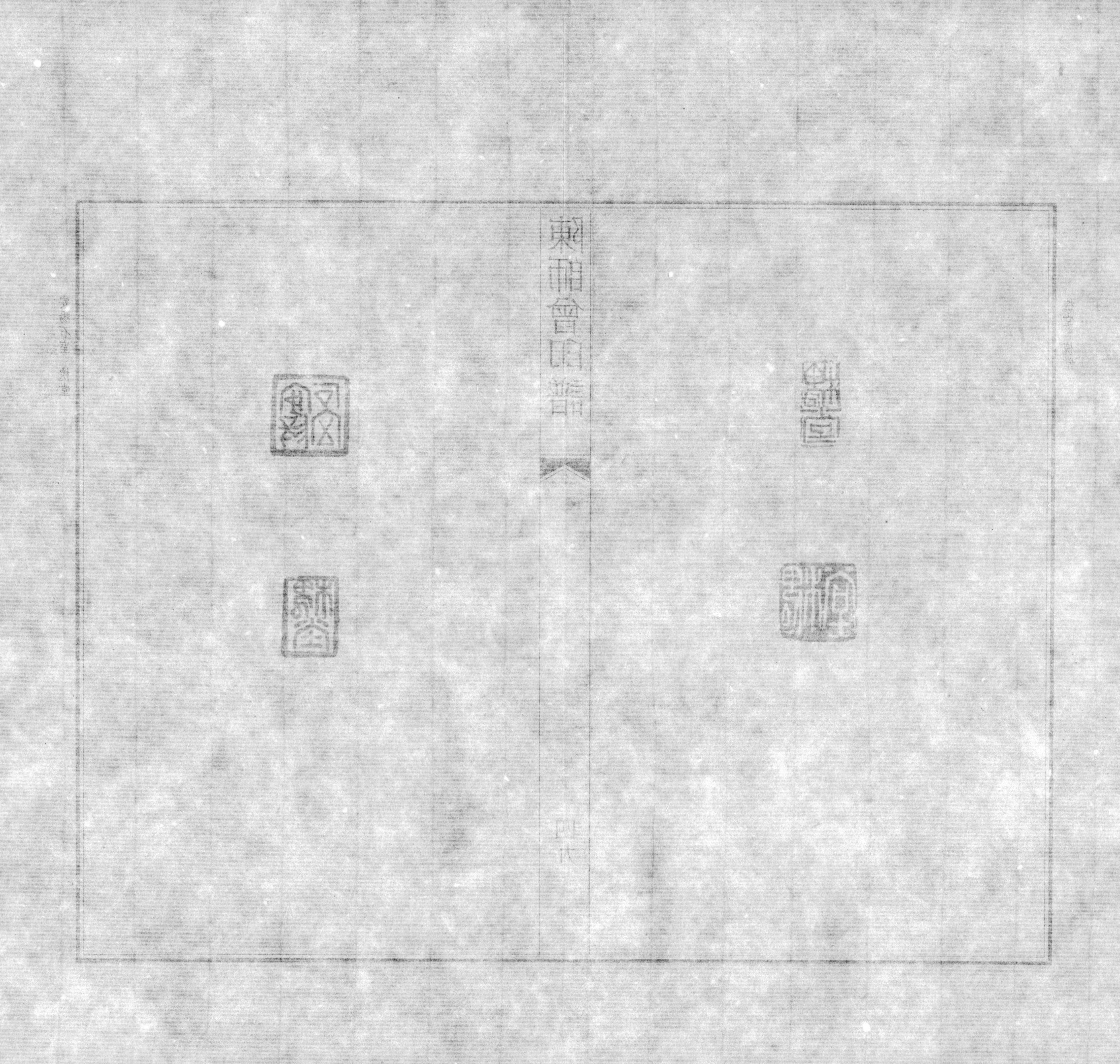

槐堂長物　槐堂墨緣

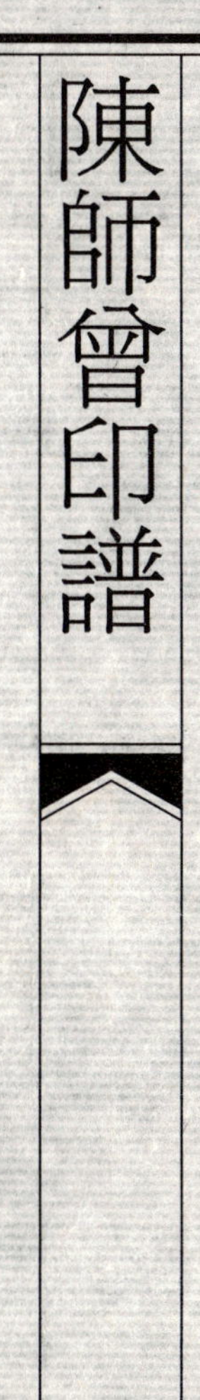

槐堂石墨　槐堂石墨